Et si je vous empoisonnais pour la Saint-Valentin ?

Les enquêtes de Chloé

Comédie policière

DE LA MÊME AUTRICE

COMÉDIES POLICIÈRES

◆ **LES ENQUÊTES DE CHLOÉ**
1. *Et si je vous offrais des coups de pelle pour Noël ?*, 2020.
2. *Et si je jonglais avec votre tête pour Halloween ?*, 2021.
3. *Et si je vous jetais aux requins pour les vacances ?*, 2022.
4. *Et si je vous empoisonnais pour la Saint-Valentin ?*, 2025.

POLARS HISTORIQUES

◆ **LES ENQUÊTES DES COUSINS CLIFFORD**
1. *Premières armes*, 2017.
2. *Près du tsar, près de la mort*, 2017.
3. *Voir Venise et mourir*, 2018.
4. *La dame en rouge*, 2018.
5. *L'homme en vert*, 2020.
6. *L'enfant en bleu*, 2021.

◆ **WORTHINGTON & SPENCER, DÉTECTIVES PRIVÉS**
1. *Sombres secrets*, 2018 (Trad. UK : *Dark secrets*, 2019).
2. *Esprits tueurs*, 2019.
3. *Exquises miniatures*, 2020.
4. *Furieuse nature*, 2023.
5. *Dies Irae*, 2024. *Finaliste « Plumes francophones 2024 »*.

LIVRE POUR ENFANTS

◆ **LES AVENTURES DE LOUIS CLIFFORD**
1. *Le mystère de Noël*, 2018.

FANTAISIE HISTORIQUE (GASLAMP FANTASY)

◆ **UNE PLUME ET DES CROCS**
1. *La nuit des loups*, 2022.
2. *L'ivresse du sang*, 2023.
3. *Le temps des goules*, 2024.

ROMAN FEEL-GOOD

La vie dont tu rêvais enfant, 2019.

OUVRAGES HISTORIQUES

Les droits de la reine. La guerre juridique de Dévolution 1661-1674), 2018.

Et si je vous empoisonnais pour la Saint-Valentin ?

Delphine Montariol

Les enquêtes de Chloé

Comédie policière

À tous les amoureux,
ceux qui le sont,
ceux qui l'ont été,
ceux qui ne le sont plus
et ceux qui le seront !
Et n'oubliez pas de vous aimer
vous-mêmes !

Chapitre 1.

Le pire job au monde !

*Jeudi 13 février - Temps pourri. Journée pourrie !
Patronne pourrie ! Merci la vie ![1]*

— Chlooooééé !!!

Oh pétard, elle ne devrait pas brailler comme ça, alors que je suis dans le laboratoire, une main près des couteaux !!! Je vais finir par la noyer dans sa cuve à chocolat !!!

Oui, je sais, vous êtes en train de vous demander ce que je fais dans un lieu inconnu proche de couteaux et d'une cuve à chocolat. En effet, la dernière fois que nous nous sommes vus, j'étais à Bora Bora avec ma troupe de théâtre, les « Shakespeare en pire », où nous avions été embauchés pour assurer des spectacles dans un club de vacances de luxe... Certes, l'expérience avait tourné court mais, tout de même, cela posait notre troupe d'acteurs... Non, pas amateurs !!! Nous sommes des professionnels des planches !!! Toutefois, depuis lors, le monde du spectacle a connu quelques déconvenues budgétaires et nous avons été obligés de reprendre des emplois à mi-temps. Pour ma part, je travaille chez « Madame Alice », le salon de thé de

---

[1] Mais ça va bien se passer ! Oui, c'est la méthode Coué !

Madame Alice - oui, elle n'aime pas les noms compliqués -, une prétendue tenancière de salon de thé et chocolatière de son état, que je soupçonne fortement d'être une agente russe infiltrée spécialisée dans les interrogatoires. Musclés, les interrogatoires... Bref, je m'entends avec elle comme avec la Faucheuse prise de boisson, qui tenterait de couper mon fil de vie avant l'heure.

— Chloooééé !!!

Je vais la tuer. Inutile de prolonger cette histoire, je vous le dis tout de suite, c'est Chloé dans le laboratoire avec la cuve à chocolat et la victime est Madame Alice ! La partie de *Cluedo* est finie, vous pouvez fermer le livre.

Avant qu'elle ne me vrille les tympans pour la troisième fois, je vais aller voir ce que veut cette vieille peau. Oui, à mon âge, je peux traiter une autre femme de vieille peau. Comment ça, je n'ai pas le droit ? Je fais ce que je veux, je suis dans ma tête et si vous n'êtes pas contents, vous pouvez aller lire ailleurs ! Mon âge ? Ça vous prend souvent ? Ah... Vous voulez savoir combien de temps s'est écoulé depuis notre dernière enquête. La question est légitime. Cela fait environ dix-huit mois. Vous vous retrouvez donc avec une Chloé âgée de quarante-six ans et demi, maman d'un Philippe de onze ans qui ressemble de plus en plus à son affreux papa et d'une Clotilde de sept ans et demi toujours aussi choupie... Pourvu que ça dure. Mon chien Patouffe ? Toujours bon pied, bon œil ou plutôt, dans son cas, bonne patte, bon œil. Oui, je vous le confirme, je suis toujours avec James Bond, alias Marc Norton, détective privé, casse-pieds comme pas permis, mais au physique d'Apollon et au regard de braise. Que voulez-vous, je ne suis qu'une faible femme... ou pas...

— Chlooééé !!!

Vous croyez que je peux faire une méditation dans la cuve à chocolat ?

— Oui, Madame Alice ? dis-je en sortant du laboratoire le plus innocemment du monde.

Après tout, je suis actrice, je peux me servir de mes compétences.

— Ah, vous voilà ! Cela fait une heure que je vous cherche !

Elle exagère à peine... On a l'impression qu'elle dirige le château de Versailles et qu'elle doit parcourir des étendues incroyables avant de trouver un larbin quelconque. Je vous rassure tout de suite, Madame Alice est à la tête d'un salon de thé, qui doit faire en tout et pour tout quatre-vingt mètres carrés, laboratoire compris. Nous sommes tout de même loin de Versailles...

— Comment puis-je vous aider, Madame Alice ?

La classe. Je suis une grande actrice. Aucune de mes pulsions meurtrières ne transparaît dans mon attitude présente.

— Il faut que vous appeliez nos trois réservations de « couple » pour annuler.

— Je vous demande pardon ?

Elle n'est quand même pas en train de faire ce que je crois qu'elle est en train de faire.

Elle lève les yeux au ciel et, une fois de plus, sa ressemblance avec Alice Sapritch, dans ses rôles les plus vaches, me frappe. Les plus jeunes iront chercher sur Internet, ce sera excellent pour leur culture. En outre, ma patronne se prénomme Alice... Il y a des destinées comme celles-ci...

— Vous savez que nous avons proposé un « menu spécial Saint-Valentin », n'est-ce pas ? explique-t-elle sans sourciller.

Comme je suis complètement neuneu, elle préfère replacer le cadre.

— Nous avons eu trois réservations pour des couples, continue-t-elle avec le plus grand des sérieux.

Je hoche la tête pour l'encourager.

— Figurez-vous, que ces trois couples mettent à mal toute l'organisation de la soirée.

Mise à part le stratège incroyable qu'est Madame Alice, tout le monde aurait compris qu'organiser une soirée de la Saint-Valentin « spécial célibataires » en y incluant des couples posait quelques difficultés. Finalement, elle n'est peut-être pas une espionne russe spécialisée dans les interrogatoires ou, alors, l'école russe de l'espionnage n'est plus ce qu'elle était.

— Si j'ai bien compris, tenté-je, les autres clients menacent de ne plus venir s'il y a des couples lors de cette soirée « spécial célibataires ».

Le visage de Madame Alice s'illumine un instant, heureuse d'avoir réussi à toucher les deux neurones qu'il me reste.

— C'est cela ! triomphe-t-elle. C'est pourquoi, il nous faut annuler les réservations de ces trois couples. J'ai déjà des demandes pour les tables. Cela ne nous occasionnera aucune difficulté.

À la différence des trois couples qui vont voir leur réservation annulée la veille de la Saint-Valentin, ce qui les empêchera de trouver une autre opportunité de célébrer leur amour. Ce point est toutefois un détail pour Madame Alice.

Merdouille !!! Cyrielle et son nouveau copain avaient réservé sur mon conseil...

— Ce n'est peut-être pas très commerçant pour les couples qui comptent sur nous...

Madame Alice semble horrifiée que l'immonde crapaud, que je suis à ses yeux, puisse se permettre un tel jugement sur son incroyable compétence commerciale.

— Eh bien, ils trouveront ailleurs. Je ne vais pas perdre douze couverts à cause de six.

Oui, je vous le confirme, l'immense établissement à la tête duquel Madame Alice se trouve compte dix-huit couverts en tout et pour tout. On ne peut pas dire que ce soit l'usine. Tant mieux pour moi !

Je finis par hausser les épaules, n'ayant pas d'arguments valables pour toucher le cœur de pierre de Madame Alice et retourne de ce pas dans le laboratoire.

— Mais que faites-vous ? s'étrangle mon immonde patronne derrière moi.

— Je finis le travail que vous m'avez confié avant.

— Mais vous le ferez après !

— Non, je dois le faire avant puisque si je laisse trop longtemps mon glaçage dehors, il va se craqueler.

Oui, je suis en train de faire des éclairs à la fraise avec un immonde glaçage rose dessus, parce qu'il paraît que ça fait plus « amoureux ». C'est hyper moche.

Madame Alice grimace, car je viens de lui retourner l'un de ses grands conseils en pleine face. Ce n'est pas moi l'experte du glaçage et du craquelage de glaçage, c'est elle. Elle réfléchit, puis convient qu'elle n'a pas envie de se pourrir les mains avec tout ce sucre et les colorants dégueux que nous y ajoutons. Elle va donc prévenir elle-même ses clients qu'elle annule leur réservation la veille de l'événement, car les autres clients ne veulent pas les voir. S'il y a bien un jour où les célibataires sont pointilleux sur le fait de ne pas être exposés aux bisouillages intempestifs des couples, c'est le jour de la Saint-Valentin...

Puisque tout est en ordre, je retourne à mes éclairs à la fraise. Beurk. Je vais être dégoûtée à vie des éclairs.

Ô chaos incessamment renouvelé de ma vie ! Au volant de ma Twingo jaune, toujours la même, je suis exposée à la vindicte de mon fils préféré et unique qui trouve scandaleux que je ne lui aie pas rapporté un éclair à la fraise de mon travail. Philippe n'arrive pas à comprendre que le salon de thé n'est pas « open bar » pour sa seule employée. Madame Alice n'est pas généreuse de ses chocolats et de ses pâtisseries. Elle m'a offert une micro boîte de chocolats, dont la date de péremption s'approchait à grands pas, pour célébrer Noël dignement dans ma famille de misère. Team Fantine, levez le doigt !!! Notez que ce cadeau est le plus grand élan qu'elle ait osé en signe de paix avec moi.

— Je ne vois pas à quoi ça sert que tu travailles dans une pâtisserie, si tu ne rapportes jamais de gâteaux ! continue l'adolescent qui me hurle dessus quand j'ose faire un gâteau maison...

— Je croyais que tu n'aimais pas les gâteaux. Il me semblait que tu faisais attention à tes abdominaux...

Oui, je suis fourbe parfois.

Philippe se met à grommeler comme son père le fait à chaque fois qu'il est pris en flagrant délit de mauvaise foi. Ce gosse file un mauvais coton. Il ressemble de plus en plus à son épouvantable paternel...[2]

---

[2] Ceux qui ont lu mes deux premières enquêtes sauront de quoi je parle... Les autres, qu'est-ce que vous attendez pour les lire ?

— Moi, j'aime bien tes gâteaux, intervient Clotilde.

Si mon fils ressemble à son père, ma fille me ressemble. Nous sommes toutes les deux gourmandes comme des chattes et obligées de faire attention à ne pas abuser des bonnes choses pour ne pas nous retrouver comme deux petits cochons engraissés à la va-vite... Enfin, quand je dis deux « petits » cochons, c'est plutôt pour elle que pour moi. Pour ma part, ce serait plutôt un gros cochon ! Bouiiii !!!

Oui, je suis au top de mon estime de moi.

— De toute façon, ils n'avaient pas l'air très bon, commenté-je. La crème à la fraise a un arrière-goût chimique tout à fait dégueu.

— Tu as goûté la crème ? s'étrangle Philippe.

— Eh bien oui, il faut bien que je goûte pour savoir si c'est mangeable ou pas.

Silence indigné à l'arrière, oui, Philippe ne veut pas s'installer devant avec moi. Il préfère rester à l'arrière de la Twingo, comme si j'étais son chauffeur personnel, ce qui n'est pas loin d'être le cas, il faut bien l'avouer.

Nous arrivons à la maison et, à ma grande surprise, la moto de James Bond est garée dans le jardin. D'habitude, Marc rentre plus tard.

Sans attendre, Philippe bondit hors de la voiture, toujours enthousiaste à l'idée de pouvoir discuter avec un homme, un vrai, j'ai nommé James Bond. Bon, sur ce point, je ne peux pas contester les *a priori* de mon fils, j'ai les mêmes.

En revanche, ma Choupie n'est pas très pressée de sortir de la voiture. Je l'observe d'un coup d'œil dans le rétroviseur et croise son regard noisette.

— Qu'est-ce qu'il y a, Choupie ?

Oui, c'est mon style, je ne tourne jamais autour du

pot.

— Moi, je m'en fiche des gâteaux de Madame Alice, mais j'aimerais bien que tu nous en fasses un.

Profite, Chloé profite. Dans quelques années, tu regretteras le temps béni où ta fille te demandait de faire des gâteaux au yaourt.

— Avec plaisir, ma Choupie. Je vais faire un gâteau avec des pommes, comme tu les aimes.

— Merci Maman ! Tu es la meilleure de toutes les mamans du monde !

Et voilà, un bon point pour mon karma. Si seulement tous les humains que je croisais pouvaient être aussi simples à contenter que ma Choupie...

Manuel de survie de Chloé[3]

💰 **Spécial job moisi** 💰

Règle n°1 : *La patronne est une co... mais c'est elle qui a les sous... Moralité : garde tes commentaires pour toi !*

---

[3] Je sais qu'ils vous ont manqué mes petits manuels de survie !

Chapitre 2.

C'est moi ou il y a une ambiance pourrie ?

Vendredi 14 février - Temps merdique. Journée merdique ! Patronne merdique ! Oui, la situation s'améliore... ou pas...

Je suis sur le pont depuis potron-minet et je peux vous assurer que mes envies de meurtre ne se calment pas. Non contente d'avoir annulé la réservation des trois couples [4], qui lui avaient innocemment confié la célébration de la Saint-Valentin, ma patronne change le plan de table toutes les deux minutes. Je vais finir par me servir de son chignon pour lustrer mon plan de travail.

— Ces gens vont finir par me rendre chèvre ! Qu'est-ce que c'est que ces lubies de ne pas vouloir être au centre de la salle et d'exiger de voir la rue à table ?

Pour ma part, ce ne sont pas les clients maniaques qui me pourrissent mon karma, mais plutôt la casse-pieds en chef qui m'oblige à transbahuter les tables d'un côté à l'autre de la pièce sans jamais lever le petit doigt pour m'aider. Bon d'accord, j'exagère, en vérité, elle ne me fait bouger les tables que de quelques

-----

[4] Ou plutôt de deux couples, puisque le troisième fait partie des habitués et Madame Alice a été obligée de maintenir leur réservation...

centimètres, mais ça me pourrit mon humeur quand même ! Je vous le confirme, je suis la seule et unique employée de Madame Alice... Tu m'étonnes ! Ils ont tous fui ventre à terre avant la fin de leur période d'essai, bande de lâches ! Vous me direz, si j'avais eu les moyens financiers de faire de même, j'aurais accompagné tous ces braves gens vers des lieux plus cléments.

— Nous n'allons jamais y arriver, Chloé ! Il nous reste encore toutes les fleurs en sucre à réaliser !

En réalité, j'ai déjà fait les fleurs en sucre que Madame Alice voulait à toute force pour la décoration de ses immondes éclairs à la fraise, mais je ne le lui ai pas dit, afin de me procurer une pause aujourd'hui.

— Vous avez raison, Madame Alice, acquiescé-je servilement. Il faut que je m'y mette tout de suite !

Ma patronne grimace, soupçonnant une malhonnêteté de ma part, mais ne sachant pas trop où elle se situe. Elle me fait encore bouger deux tables par acquit de conscience, puis me libère enfin de mes activités de déménageurs pour que je reprenne mon poste habituel de pâtissière, serveuse, femme de ménage, vendeuse, chocolatière... Je crois que c'est à peu près tout. Comme vous pouvez le constater, que ce soit au théâtre ou chez Madame Alice, je suis multitâche.

Je regagne enfin mes pénates - oui, le laboratoire - et jette un coup d'œil à la petite boîte, que j'ai dissimulée et où j'ai rangé toutes mes fleurs en sucre. Elles ne sont pas trop mal réussies... Deux ou trois ressemblent à des boursouflures malsaines et roses mais, sinon, ça va... Oui, il m'en faut peu pour être satisfaite de mon travail...

Afin de ne pas être prise la main dans le sac ou, plutôt, en flagrant délit de glandouille intensive, je prépare une petite quantité de pâte à sucre pour que l'odeur et la chaleur, qui se dégagent du laboratoire, tiennent à distance ma patronne. Madame Alice est allée faire sa manucure pour recevoir, comme il se doit, les amoureux à grands coups de griffes écarlates et elle ne tient pas à abîmer ce beau travail d'un esthétisme tout démoniaque. C'est pourquoi, je suis en charge de tout. Bouger les tables, dresser les tables, nettoyer la salle, faire le repas et que sais-je encore… Ah oui, j'allais oublier, j'assure aussi le service ce soir. Ô joie ! Vous verrez, c'est ma grande spécialité.

Oui, je suis ironique. Contrairement à ce que pense ma patronne, je n'ai pas fait l'école du cirque option équilibre d'assiettes en bout de bâtons, mais le conservatoire d'art dramatique ! Non, ce n'est pas la même chose !

Bref, par chance, nous servons à l'assiette, ce qui me simplifie la vie. Je peux dresser les assiettes dans mon laboratoire (mon antre où nul n'est autorisé à entrer) et les apporter telles qu'elles, ce qui m'évite le dressage d'assiettes en « direct live » devant les yeux ébaubis des clients. Pour le coup, je puis vous assurer qu'ils seraient tout à fait effarés de recevoir l'ensemble des plats sur les genoux… Yeap ! J'ai fait beaucoup de choses dans ma vie, mais pas l'école hôtelière.

Je réalise une ou deux fleurs de sucre en plus - d'immondes petits boudins collants et bouillants -, pour préserver les apparences. On ne sait jamais, si j'en faisais tomber une ou deux en décorant les éclairs, j'aurais au moins de quoi les remplacer avec style.

J'en suis à ce point de mes occupations du jour,

quand une activité suspecte m'étonne. Alors que je suis persuadée que Madame Alice vaque à ses propres occupations et que je suis la seule employée de la maison, j'aimerais savoir à qui appartient la silhouette, qui se détache derrière la porte vitrée de mon laboratoire. Qu'est-ce que c'est que ce pataquès ?

J'abandonne ma pâte à sucre, bouillonnante et gluante comme il se doit, et décide de surprendre l'intrus. D'après ce que je vois, non seulement l'inconnu est entré dans la partie professionnelle du salon de thé, mais encore il se tient devant les grands réfrigérateurs aux portes translucides permettant de stocker les gâteaux que nous proposons. Les clients peuvent les observer de loin, ce que j'ai toujours trouvé nul d'un point de vue commercial. Toutefois, n'étant pas la patronne, je me garde bien de proposer quoi que ce soit pour remédier au problème...

J'ouvre la porte d'un geste brusque et un livreur en combinaison noire, son casque à la visière rabattue toujours vissé sur le crâne, sursaute à mon arrivée. C'est la nouvelle mode ? On ne relève même pas sa visière pour livrer des clients ?

— Bonjour, Monsieur. Que puis-je faire pour vous ?

Le cuistre ne se donne pas la peine de me répondre et me tend un paquet. J'observe l'étrangeté et, quand je relève le nez, je constate que *Dark Vador* a filé par la salle, sans demander son reste... Je l'observe passer la porte d'entrée et remarque que Madame Alice semble aussi surprise que moi. D'évidence, le livreur s'est faufilé dans son dos et a foncé vers la partie privative des installations, sans se préoccuper de son environnement. Je sais bien qu'il n'y a pas de porte entre la salle et la partie professionnelle ou privée, qu'il ne s'agit que d'une porte-western, mais il est quand même étonnant qu'il n'ait pas vu Madame Alice en entrant dans la salle. Ce n'est pas comme s'il y avait foule...

— Que voulait cette personne ? s'étonne ma patronne.

Je hausse les épaules et lui montre le paquet qu'il m'a collé dans les mains. Je le pose sur le comptoir afin qu'elle en prenne connaissance en temps utile. Pour ma part, je retourne dans mon laboratoire.

La soirée n'a pas commencé et je suis déjà crevée. Ça promet ! Même si je suis payée en heures supplémentaires, je dois avouer que cette soirée me casse incroyablement les pieds. J'en ai déjà bavé tout le mois de décembre avec Noël, les chocolats, les fêtes de fin d'année, les goinfreries en tous genres, etc., etc., etc. Je pensais que j'aurais un peu de répit en janvier, que nenni ! C'est la période des galettes de roi et je vous le donne en mille, les galettes se vendent du 1er janvier au 31 janvier, voire davantage. Quand on aime, on ne compte pas ! Et maintenant, j'enchaîne avec la Saint-Valentin ! Je vais devenir dingue ! Je croyais avoir trouvé la planque absolue, vendeuse dans un salon de thé huppé, et je me retrouve avec le statut de semi-esclave, corvéable à merci, pour un salaire minable et sans avantages en nature. Je vous confirme des gâteaux et des chocolats ! N'allez pas imaginer des horreurs avec Dracula !!! Oui, je suis de méchante humeur, donc ma patronne est passée du statut d'« Alice Sapritch » à Dracula !

Malheureusement, j'ai besoin de ce travail... Le monde de la culture étant ce qu'il est, nous n'allons pas faire fortune avec les « Shakespeare en pire ». Nous avons déjà toutes les peines du monde à maintenir la troupe à flot, nous sommes loin de pouvoir nous octroyer des cachets nous permettant de vivre...

— Eh bien, tu en fais une tête ! s'exclame Muriel qui surgit dans la partie professionnelle comme si de rien n'était.

Elle a tant l'habitude des coulisses qu'elle ne fait plus attention où elle va, théâtre ou pas. Muriel est notre régisseuse, habilleuse, maquilleuse, coiffeuse, épaule sur laquelle pleurer et tout ce que vous pouvez imaginer de nécessaire dans une troupe de théâtre de province.

— Mumu ! Je suis contente de te voir ! me réjouis-je.

— Tu m'étonnes. Je viens de saluer ta patronne, on dirait Dracula dans un mauvais jour.

J'éclate de rire malgré moi. Vingt ans de vie commune professionnelle avec Muriel nous ont donné les mêmes références. Toutefois, avec sa longue silhouette noire, son chignon strict au-dessus du crâne et ses ongles rouges, il y a quelque chose de vampirique dans ma patronne.

— Si avec ça, elle ne fait pas fuir les amoureux... poursuit Muriel en observant la bête de loin.

— Oh, je te rassure, elle a annulé hier les réservations des amoureux, préférant louer la salle à des célibataires !

Muriel, toujours aussi rousse, petite et sèche, paraît stupéfaite. Pourtant, il lui en faut pour être surprise.

— Tu plaisantes, j'espère... Elle n'a pas annulé les réservations des couples la veille de la Saint-Valentin ? C'est pour cette raison que nous avons eu une place pour ce soir ?

Derrière ses lunettes à écailles, Muriel ouvre de

grands yeux éberlués qui lui donnent un air de hiboux halluciné.

— Oui, réponds-je, il paraît que le reste de la clientèle ne voulait pas voir un couple à l'horizon.

Muriel se retourne vers une petite dame d'une bonne soixantaine d'années, dont le carré blond est un peu trop court. Cela lui donne une étrange silhouette à la Angela Merkel...

— Je te présente mon amie Geneviève, m'annonce Mumu. C'est avec elle que je vais passer la Saint-Valentin entre copines.

— Enchantée, Geneviève. Je suis Chloé, l'une des actrices de la troupe des « Shakespeare en pire », qui bénéficie des grâces de Muriel.

Geneviève éclate de rire. Ses joues rondes et roses lui confèrent une expression aimable, qui la rend aussitôt sympathique. Elle me tend la main dont je m'empare.

— « Les grâces de Muriel », je vais la garder pour plus tard, s'amuse-t-elle. Enchantée, Chloé. C'est un plaisir d'enfin rencontrer l'une des actrices de la troupe dont me parle si souvent Muriel.

Geneviève jette un coup d'œil dans la partie professionnelle et s'étonne légèrement.

— Vous êtes seule pour le service ?

— Et oui, je peux vous assurer que je vais courir ce soir.

— Décidément, on ne trouve que des emplois pourris ! ronchonne Muriel sans aucune discrétion.

Je n'ose confirmer la chose en présence de Madame Alice, qui nous observe d'un œil noir depuis l'entrée de la salle où elle accueille des clients.

Je fais un geste théâtral à Geneviève et Muriel pour leur désigner la table où elles seront installées. Madame Alice les a placées du côté droit de la salle, quand on est dos à l'entrée. Sur le côté droit, il n'y a que trois tables de deux personnes, soit six couverts. Au centre, une table ronde de quatre, puis à gauche de la salle, deux tables de quatre chacune, soit dix-huit couverts en tout. Cela suffit à mon bonheur !

La table au centre vient de se garnir de quatre filles d'une trentaine d'années qui gloussent et poussent de hauts cris, ce qui va animer la soirée. Après tout, ce n'est peut-être pas plus mal pour les couples que leur soirée ait été annulée hier. Ils échapperont au moins aux gloussements stridents des célibataires, qui vont cracher leur venin sur tous les hommes de leur passé. Je suis méchante, mais je suis certaine que ces quatre nanas ne vont pas rater une occasion d'égratigner leurs ex ce soir.

Une autre table de quatre arrivant, je me préoccupe des amuse-bouches prévus au menu. N'étant pas une professionnelle de la restauration, je manque de rapidité dans l'exécution des tâches. Toutefois, ce point ne semble pas avoir effleuré l'esprit supérieur de Dracula.

J'aime bien « Dracula ». Ça vous fixe le personnage.

J'entends la porte des toilettes grincer et vois sortir un jeune homme brun, venu avec un ami ou son petit ami ou celui qu'il aimerait bien avoir comme petit ami... Pour vous résumer, l'un des deux de la « table des garçons », un duo d'une trentaine d'années. Une des filles de la table centrale se précipite aux toilettes... Heu... Le repas n'a même pas commencé, qu'ils ont déjà tous envie de faire pipi ? Pfff... Il va y avoir du passage près de mes frigos ce soir. Je n'avais pas compté sur ce point. En plus de tout, il va falloir que je me méfie des va-et-vient de tous ceux qui voudront aller aux toilettes, lorsque je ferai le service. Il ne manquerait plus que je prenne la porte en pleine tête. Je vous le confirme, comme il se doit, la porte des toilettes ouvre vers les grands réfrigérateurs où j'ai stocké une partie de la nourriture de ce soir. Super. En plus du professionnalisme d'un chef de salle, je dois m'armer de la prudence d'un Sioux sur le sentier de la guerre et des réflexes d'un ninja en mission. Tout un programme...

Comme je suis une fille sympa, je vous donne le plan de la salle. Ne me dites pas merci, dites merci à Madame Alice. Dracula sera content.

Comme vous pouvez le constater, j'ai même grisé les parties où la clientèle ne devrait pas mettre un pied... Fol espoir...

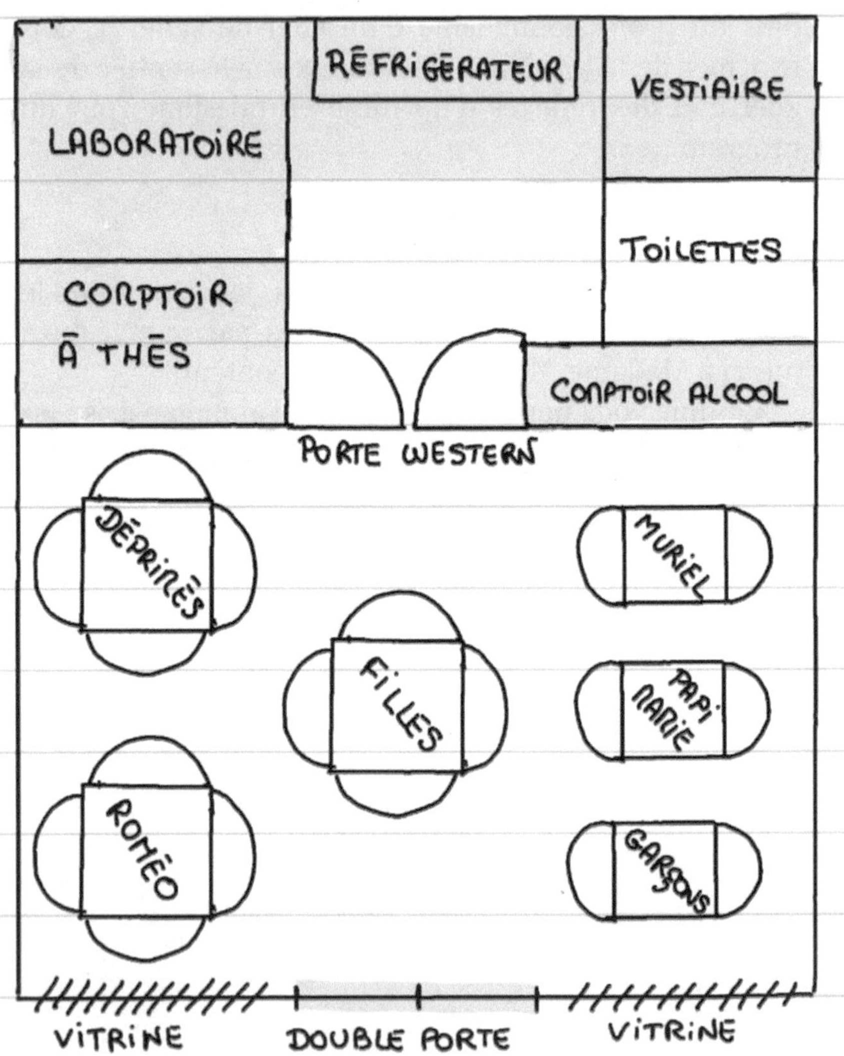

LABORATOIRE
RÉFRIGÉRATEUR
VESTIAIRE
TOILETTES
CORPTOIR À THÉS
CONPTOIR ALCOOL
PORTE WESTERN
DÉPRINÉS
FILLES
ROMÉO
MURIEL
PAPI
MARIE
GARÇONS
VITRINE
DOUBLE PORTE
VITRINE

C'est moi ou les gens sont de plus en plus dégénérés ? Mis à part Muriel et son amie Geneviève, tous les autres semblent être pris d'une danse de Saint-Guy, qui les mènent invariablement vers les toilettes, vers les frigos, vers le comptoir où ils n'ont rien à faire, voire vers moi qui suis légèrement occupée ce soir ou, même, vers Dracula qui, pourtant, a fait beaucoup d'efforts pour repousser le chaland. Ma patronne n'avait pas imaginé que la soirée prendrait la tournure d'une farandole endiablée de clients se précipitant aux toilettes, se levant et discutant pêle-mêle autour des tables, sortant pour fumer - Madame Alice interdit strictement la cigarette, y compris électronique, dans son salon de thé -, puis rentrant sans fermer la porte, bref d'un capharnaüm sans nom de célibataires de tous âges. Pourtant, je peux en témoigner, Madame Alice a bien vendu des « menus spécial Saint-Valentin », qui sont supposés être pris assis à table. À l'avenir, elle devra être beaucoup plus précise lorsqu'elle vendra des repas, car les gens ont oublié qu'un dîner se prenait assis à table. J'insiste. Ils se promènent en vrac dans la salle, déambulant sans vergogne, se dégourdissant les jambes, tout en entravant les miennes. J'ai déjà assez de travail, je n'ai pas besoin d'avoir des nuisibles surgissant de partout pour se pétrifier à n'importe quel endroit et notamment devant mon nez. Même Madame Alice a été obligée de mettre la main à la pâte, quand certains se sont permis de passer derrière le comptoir pour se servir un verre. J'hallucine ! Le commerce est de plus en plus difficile avec tous ces sans-gêne, qui peuplent les alentours. D'ailleurs, alors que j'apporte trois assiettes, un exploit pour moi, j'entends Madame Alice expliquer d'une voix un peu sèche à l'un des deux garçons de la « table des garçons », toujours le même :

— Non, Monsieur, le menu « spécial Saint-Valentin » ne comprenait pas d'option « boisson à volonté ». Vous n'avez pas à vous servir dans le bar.

Je n'entends pas le reste de la conversation, mais je demanderai à Muriel. Elle est juste à côté du comptoir et n'en rate pas une miette.

Pour le moment, je sers la « table des déprimés de la vie »... J'ai rebaptisé les tables pour n'oublier personne. J'ai la « table de Muriel », la « table de nos voisins papi et mamie », la « table des garçons », la « table des filles qui crient », la « table des déprimés de la vie », quatre dépressifs dont l'expression faciale ferait paraître Droopy joyeux[5]. Enfin, il y a la « table de Roméo »... Pourquoi un tel nom ? Parce qu'il y a un garçon qui est venu avec trois filles... Trois filles pour la Saint-Valentin ! Là, je veux des explications. Toutefois, je n'ai pas le temps... Dommage, je suis sûre que cela ferait un bon scénario ! Bref, j'en suis à la « table des déprimés de la vie », puis il me reste la « table de Roméo » à servir et j'aurai fini d'envoyer le plat

---

[5] Mais si, vous savez, le chien hyper mélancolique... Vous chercherez sur Internet !

principal. Qu'est-ce qu'il ne faut pas faire pour gagner trois ronds dans ce bas monde... En plus, je suis certaine que, s'il y a des pourboires - fol espoir -, Madame Alice va m'en piquer la moitié !

Je suis de retour dans mon laboratoire-cuisine pour me charger de trois nouvelles assiettes chaudes, quand Madame Alice arrive pour me prêter main-forte sur la dernière table. C'est vous dire le carnage que nous subissons en salle.

— Les gens sont fous, ma pauvre Chloé ! Dernière nouveauté, ils jettent par terre leurs fioles d'huiles essentielles vides !!! J'en ai trouvé deux ! C'est un monde tout de même !!!

J'observe les petites bouteilles en verre brun, surmontée d'une pipette et ne suis pas loin de rejoindre l'opinion de ma patronne... Sans se préoccuper davantage de ce détail, elle jette les petites bouteilles à la poubelle, se lave aussitôt les mains et continue à râler :

— Faites attention à tous ces dégénérés qui n'ont pas compris qu'un repas se prend à table !

Aïe, j'ai eu le même ressenti que Madame Alice... Suis-je en train de me transformer en Dracula bis ?

— Je suis d'accord avec vous, réponds-je avec magnanimité. Je n'avais pas imaginé que les gens se lèveraient aussi souvent ce soir. Je me suis même fait la réflexion qu'ils étaient atteints de la danse de Saint-Guy.

Madame Alice m'observe l'œil rond, se demandant comment je peux connaître cette expression, avant de se reprendre.

— Vous avez raison, Chloé. Ces malséants ont tout de maniaques atteints de la danse de Saint-Guy ! C'est exactement ce à quoi cela ressemble.

La porte des toilettes grince de nouveau. Je me surprends à échanger un regard de connivence avec ma patronne, comme quoi tout arrive. Je n'aurais jamais imaginé me sentir connectée à Dracula... surtout un soir de Saint-Valentin...

Nous sortons du laboratoire, évitons de peu la porte des toilettes s'ouvrant en grand sur l'un des deux garçons - ils ont déjà des problèmes de prostate à cet âge-là ? -, puis nous entrons dans la salle.

Je me dirige vers la « table des déprimés de la vie », me décharge de mes trois assiettes, pendant que Madame Alice porte ses plats à la « table de Roméo ». Fini pour le plat principal !!! Il nous reste le fromage et le dessert, ce qui signifie que nous en sommes à plus de la moitié du repas. Alléluia !

Qu'est-ce que c'est que ce pataquès ? Je suis statique devant le réfrigérateur qui contient l'ultime étape de notre menu « spécial Saint-Valentin » et je suis perturbée... Quelqu'un a touché les desserts... Ne me demandez pas pourquoi, mais je sais que quelqu'un a touché les desserts.

Pour gagner du temps pendant le service, j'avais aligné les assiettes en présentant les éclairs de façon à ce que je puisse saisir les assiettes sans abîmer le glaçage des gâteaux. Tout était impeccable... Maintenant, certaines assiettes ne sont plus alignées les unes par rapport aux autres. J'en suis là de mes observations, quand Dracula surgit derrière moi et me file la trouille de ma vie en me hurlant dans les oreilles :

— Eh bien, Chloé, que faites-vous plantée là ?

Je n'ai pas le temps de dire quoi que ce soit qu'elle s'empare aussitôt de trois assiettes et file vers la salle. Merde, j'espère qu'il ne s'agit que d'un imbécile qui a voulu goûter le glaçage. J'observe encore les assiettes en place et ne trouve aucune altération suspecte. Qu'est-ce qu'il s'est passé ? Pourquoi quelqu'un s'amuserait-il à faire tourner mes assiettes ? Ou, alors, j'ai affaire à un nouveau genre de *Poltergeist*, adepte d'assiettes à dessert...

— Chloé ! m'interpelle Dracula revenant à fond de train de la salle. Finissons-en ! Distribuons les desserts et qu'on n'en parle plus !

— Quelque chose ne va pas, dis-je avant qu'elle ne reparte.

Dracula, chargée de trois assiettes, m'observe l'œil rond. La soirée a été difficile pour ma patronne vampirique car des mèches folles s'échappent de son strict chignon...

— Je vous le confirme, dit-elle d'une voix pincée, mon employée ne bouge plus.

Je ne me donne pas la peine de répondre.

— Quelqu'un a touché aux assiettes à dessert...

Dracula se pétrifie un instant, fronce les sourcils, observe les assiettes d'un œil sévère, puis conclut :

— Je vais vous dire une bonne chose, Chloé, cela ne m'étonne même pas, vu la faune que nous avons accueillie ce soir. Un imbécile aura voulu regarder les desserts de plus près.

Pourquoi pas ? Après tout, je vois toujours le mal partout. Les gens peuvent être simplement mal élevés. Je hausse les épaules, puis m'empare de trois assiettes à mon tour et emboîte le pas à Madame Alice, qui termine la « table de papi et Mamie », puis celle « des deux garçons ». Les trois tables de deux ont leurs desserts, restent les trois tables de quatre. Je me dirige aussitôt vers les « filles qui crient », qui se mettent aussitôt à brailler :

— Oh !!! Ils sont trop choux, ces éclairs !!!

— Regarde ce glaçage rose !!!

— Et ces petites fleurs trop mignonnes !!!

— Ouah, c'est trop chanmé cette décoloration !!!

Pour ceux qui l'ignoreraient, « chanmé » est un adjectif apparu dans la langue familière française au début du XXIe siècle et trouvant son origine dans le verlan de « méchant », donnant « chanmé », mais ne signifiant pas méchant, ce serait trop simple. En vérité, c'est un adjectif démontrant son admiration, que cela soit pour une action, pour quelqu'un ou quelque chose. Je sais... Moi aussi, j'ai pris un coup de bambou derrière le crâne. Que voulez-vous ? Nous ne rajeunissons pas !

Je me garde de tout commentaire sur le vocabulaire de la clientèle, puis je me précipite plus vite que Madame Alice pour récupérer trois nouvelles assiettes. Je double Dracula, finis de servir la « table des filles qui crient », puis cède deux éclairs à la « table des déprimés de la vie ». Les Roméo, quant à eux, semblent en grande conversation et n'ont même pas remarqué que le dessert arrivait.

Madame Alice, qui est très motivée pour en finir au plus vite, se dirige vers la « table de Roméo » qu'elle interrompt en plein débat pour leur octroyer ses trois éclairs rose bonbon. Pour ma part, je m'empare des trois dernières assiettes dans le réfrigérateur, finis de servir la « table des déprimés de la vie » et achève le service avec le dernier éclair pour la « table de Roméo ».

Ouf, j'en vois le bout. Je crois que pour le prochain

« menu spécial » que ma patronne voudra programmer, je me ferai porter pâle. Même si je révise à fond le rôle de soubrette, serveuse, intendante, bonne à tout faire, voire majordome, le jeu n'en vaut pas la chandelle.

J'arrive toute glorieuse avec ma dernière assiette pour la tendre à une petite binoclarde un peu dépenaillée, qui fait tache à la « table de Roméo ». En effet, Roméo et les deux autres filles ressemblent à des *Ferrari* à côté d'une *Coccinelle*, si vous me passez l'expression.

Elle ne me prête aucune attention, puisqu'elle est occupée à faire remarquer au garçon de la table :

— Fais attention au sucre, Thomas !

Tiens, Roméo s'appelle Thomas... J'en suis là de mes réflexions méchantes - Chloé, ma fille, tu es fatiguée, tu devrais aller te coucher -, quand un hurlement me fait sursauter et lâcher mon assiette sur les genoux de la binoclarde. Et merde !!!

Mon cerveau est pris d'un bug massif, que dois-je prioriser ? La crème à la fraise qui macule désormais la jupe de la binoclarde ou les borborygmes qui me font tout de même me retourner pour voir l'une des filles de la « table des filles qui crient » se tenir la gorge à deux mains et prendre une teinte violette très inquiétante. Merde, elle choque !

Je me précipite pour lui administrer la manœuvre de *Heimlich*. Je tente de la relever et constate qu'elle est tétanisée. Qu'est-ce que c'est que ce truc ? Je sais qu'en de telles circonstances, il ne faut pas perdre son calme et je reste concentrée sur l'objectif de lui faire cracher le morceau de gâteau, qu'elle a avalé de travers. Je la lève, heureusement c'est un poids plume et, avec le shoot d'adrénaline, que je viens de prendre, ma force est décuplée. Je positionne mon poing fermé entre son nombril et son sternum et le maintiens en place avec mon autre main. Je remonte mon poing dans un mouvement de compression forte vers moi et vers le haut. Le but est de comprimer le bas de ses poumons et de lui faire cracher l'élément perturbateur. Une fois. Deux fois. Trois fois... Rien. La fille choque de plus en plus. Elle est prise de tremblements terribles qui la rendent dure comme du bois. Elle tétanise... Je n'ai jamais vu ça... Allez ! Courage, Chloé ! Cette fille va te claquer dans les doigts et tu ne t'en relèveras pas... Je renforce ma prise sur elle. Je suis plus grande et plus athlétique - Merci à toutes mes années de Krav Maga -. Je recommence. Un ! Elle ne crache rien. Deux ! Elle a un spasme monstrueux. Trois ! Elle me claque dans les doigts.

Le corps de la fille ne réagit plus. Ses bras pendent dans le vide et, même si elle reste statufiée, la tétanie perdurant, je sais qu'elle est partie... Est-ce que je continue ? Est-ce que...

Un râle ignoble me fait me retourner. Un des deux garçons est cyanosé, les yeux pleins de sang, il s'écroule sur la table alors que son ami tente de le retenir.

Je n'ai pas le temps de réaliser que des hurlements hystériques me font pivoter de nouveau. La « table de Roméo », les deux jolies filles... Cris... Je tourne sur moi-même, Muriel essaie de secourir Geneviève...

— Appelez les secours !!! m'entends-je hurler à pleins poumons.

Manuel de survie de Chloé[6]

💰 *Spécial job moisi* 💰

Règle n°1 : *La patronne est une co... mais c'est elle qui a les sous... Moralité : garde tes commentaires pour toi !*

Règle n°2 : *Ne pas paniquer quand un tiers de la clientèle vous claque entre les doigts... Ne pas paniquer... Je n'étais pas prête... La patronne, non plus...*

---

[6] Mise à jour chaotique...

Chapitre 4.

Belzébuth, c'est toi ?

J e suis assise sur une chaise dans la salle du défunt salon de thé distingué de Madame Alice. Autour de nous, les sirènes, les gyrophares, les policiers, les pompiers, les médecins secouristes, tous s'agitent. Pour ma part, je suis à côté de ce monde, sans doute en état de choc. C'est la première fois que je vois mourir des gens. Certes, j'ai déjà enquêté sur des crimes, bien malgré moi, mais la mort en direct de toutes ces personnes n'était pas prévue à ma soirée de Saint-Valentin. À côté de moi, Madame Alice n'est pas en meilleur état. Les policiers nous ont demandé de rester, ainsi qu'à tous les survivants. Ils ont bouclé le périmètre ce qui nous évite de faire la « une » des réseaux sociaux. Nous avions à peine eu le temps d'appeler les secours, que des badauds nous filmaient à travers la vitrine. Les gens sont monstrueux. Au lieu de vous porter secours, ils vous filment en train de crever. Étrange époque...

La petite jeune fille sur laquelle j'ai tenté une manœuvre de *Heimlich*, bien inutile, n'a pas survécu. D'après ses amies, elle s'appelait Julie et avait vingt-quatre ans. Elle finissait ses études d'infirmière et rêvait de rencontrer le grand amour...

Le jeune homme, qui s'est effondré après elle,

s'appelait Jonathan, il avait trente-deux ans. Son ami Mario, avec lequel il partageait le repas de Saint-Valentin, a fait un malaise et a été pris en charge par les secours. Avant cela, les deux jeunes gens avaient discuté avec leurs voisins de table, nos clients réguliers, René et Anne de la « table de papi et mamie ». D'après eux, les deux jeunes gens s'étaient rencontrés il y a quelques jours et avaient décidé de passer ensemble la soirée de la Saint-Valentin. Ils n'étaient pas officiellement en couple, la rencontre étant trop récente, mais ils se plaisaient bien tous les deux...

Les deux filles de la « table de Roméo » s'appelaient Aloïs et Marie. Elles avaient toutes les deux vingt-huit ans, comme Thomas, le « Roméo », et Juliette, la binoclarde. Ils étaient tous quatre amis d'enfance et se retrouvaient tous célibataires pour cette Saint-Valentin... Ils se sont dit : « Tiens, pourquoi ne pas faire une soirée ensemble ? ».

La seule qui ait survécu, c'est Geneviève. Elle est en réanimation, en urgence absolue, mais d'une manière ou d'une autre, elle est encore en vie... Tenez bon, Geneviève. Quatre morts, c'est déjà trop...

J'ignore ce qu'il s'est passé avec précision ce soir, mais je sais une chose : tous ces gens ont été empoisonnés et ils ont été empoisonnés grâce aux éclairs à la fraise du dessert. Je ne sais pas comment tu t'y es pris, salopard, mais je vais réfléchir, je vais te chercher et je vais te trouver... Si tu pensais pouvoir assassiner tous ces gens sans rendre de compte à personne, tu t'es trompé. Je n'ai jamais été aussi motivée pour retrouver un meurtrier.

— Ça va, Chloé ?

La voix de Muriel me sort de mes réflexions vengeresses. Je relève les yeux vers elle et, quand nos regards se rencontrent, elle comprend aussitôt ce qu'il va se passer. Elle me connaît.

Muriel se baisse et murmure tout contre mon oreille.

— Laisse faire la police !

J'entends, mais je ne peux pas. J'étais présente toute la journée et un assassin a sévi sous mon nez, sans que je puisse intervenir. Il a profité d'un moment d'inattention pour empoisonner les gâteaux et tuer quatre personne, voire cinq si Geneviève ne résiste pas au poison. Je visualise les éclairs non-alignés et fronce les sourcils. Il y avait six assiettes qui n'étaient pas en place...

Je bondis sur mes pieds et me précipite sur le premier policier que je trouve.

— Monsieur, il y avait six gâteaux empoisonnés.

L'homme d'une quarantaine d'années m'observe d'un air renfrogné. Il est grand, porte un jean, un blouson en cuir noir et semble particulièrement mal embouché. Je peux le comprendre. Quand on est de garde pour la Saint-Valentin, on ne s'attend pas à être appelé sur les lieux d'une hécatombe.

— Je vous demande de bien vouloir vous rasseoir à votre place, Madame. Vous serez interrogée en temps et en heure.

Je papillonne des yeux, ne comprenant pas ce qu'il me dit.

— Mais je vous assure, j'étais au service ce soir et j'ai aligné les assiettes pour pouvoir les attraper plus vite. Quand j'ai voulu servir le dessert, il y avait six assiettes, qui avaient été bougées. Quelqu'un les avait faites pivoter.

L'homme me regarde sans m'écouter.

— Vous serez interrogée en temps et en heure. Merci de bien vouloir vous rasseoir à votre place.

Heu... J'ai affaire à un nouveau prototype de robot-policier qui bugge quand on sort de son programme ou quoi ? Hé, Robocop, branche ton intelligence artificielle, la madame essaie de communiquer ! Regard ennuyé, aucun signe d'interaction visible, le prototype n'est pas au point, c'est moi qui vous le dis !

Je retourne à ma place puisque, d'évidence, il ne m'écoutera pas. Je poursuis mes réflexions. J'en étais donc à mes deux étages de gâteaux. Je tente de me souvenir avec le plus de précision possible des deux rangs d'éclairs alignés dans le réfrigérateur.

Quatre éclairs avaient été tournés sur l'étage supérieur et deux sur l'étage inférieur. Pourquoi ? Dans mon souvenir, il n'y avait pas vraiment un ordre précis. Seuls les deux derniers gâteaux en bas à gauche étaient l'un à côté de l'autre. Est-ce à croire que les deux filles de la « table de Roméo » étaient visées ? Non, je ne peux pas me permettre ce genre de suppositions. Pour le moment, nous ne savons même pas si quelqu'un en particulier était visé dans la salle où s'il s'agit de l'œuvre d'un fou qui a tué au hasard. Quand même, deux filles à la même table... Non, de l'ordre et de la méthode. Il y avait six gâteaux empoisonnés. J'en suis certaine. Quelqu'un dans cette salle a une chance incroyable. Quelqu'un n'a pas entamé son gâteau empoisonné. S'il s'agissait d'un meurtre prémédité visant une personne en particulier, il faut que je sache qui était le destinataire du sixième gâteau.

Je scrute les tables qui restent dressées. Muriel avait entamé son gâteau. Anne et René de la « table de papi et mamie » avaient aussi goûté leur dessert. Par conséquent, deux personnes ont été empoisonnées dans les tables de deux : Geneviève et Jonathan.

Au cours de la soirée, nous avons toujours débuté le service par les tables de deux. Ne me demandez pas pourquoi, ça s'est passé ainsi. Ensuite, nous servions la table centrale, la « table des filles » - je n'ai plus du tout envie de les surnommer « les filles qui crient », leurs cris d'épouvante resteront longtemps gravés dans ma mémoire -. Enfin, nous servions en dernier la « table des déprimés de la vie » et la « table de Roméo ».

Si j'étais le meurtrier et que je voulais viser quelqu'un en particulier, comment m'y prendrais-je ?

Pour ma part, j'ai apporté les assiettes au petit bonheur la chance... Prévoir qui recevra quelle assiette est impossible. À moins que le meurtrier ne soit Madame Alice ou de mèche avec Madame Alice ? Si je me souviens bien, j'ai apporté tous les desserts de la table des filles, c'est donc moi qui ai donné son assiette empoisonnée à Julie.

De l'ordre et de la méthode, Chloé ! Madame Alice s'est d'abord occupée de toutes les tables de deux, puisque le temps que j'observe mes éclairs, elle avait servi leur dessert à Geneviève, Muriel et Anne. Puis, elle est repartie avec trois assiettes, qu'elle a données à René, Mario et Jonathan. Pendant ce temps, j'apportais les trois premiers desserts à la « table des filles ». Puis, nous sommes revenues chercher de nouvelles assiettes, j'en ai pris de nouveau trois, une pour la « table des filles » et deux pour la « table des déprimés de la vie ». Madame Alice servait au même moment trois assiettes à la « table de Roméo ». Je suis retournée prendre les trois dernières assiettes pour apporter les deux dernières à la « table des déprimés » et j'ai renversé l'éclair sur les genoux de Juliette, la binoclarde. Finalement, c'est sans doute elle qui a eu le plus de chance ce soir. Au moins, elle était certaine de ne pas être empoisonnée...

Réfléchis, Chloé. Tu as eu tous ces gens et les gâteaux sous ton nez toute la soirée. Comment le meurtrier s'y est-il pris pour tout d'abord empoisonner certains gâteaux, ensuite pour viser quelqu'un en particulier ?

Comment pourrais-je définir si quelqu'un était visé ? En fait, la réponse à cette question change toutes les perspectives. Si quelqu'un était visé, comment le meurtrier s'y est-il pris pour que nous distribuions l'un des gâteaux empoisonnés à la bonne personne ? Et, surtout, qui était visé ? Vous ne me ferez pas croire que les cinq ou six victimes étaient toutes la cible du tueur. C'est impossible. Il n'y avait forcément qu'une seule cible ce soir. Les autres ont servi de leurres au meurtrier. En revanche, si j'ai affaire à un tueur sans cible définie, peu lui importait qui mourrait. Il a empoisonné les gâteaux au hasard et a décidé qu'un tiers des convives disparaîtrait ce soir. Six gâteaux sur dix-huit... Ça fait une grosse proportion...

— Madame, vous êtes la propriétaire de l'établissement, n'est-ce pas ? dit soudain une voix autoritaire qui me fait sursauter.

Je relève le nez de ma contemplation du sol et rencontre le regard d'une femme en tailleur strict. Elle porte un brassard de police.

Ma patronne, à côté de moi, opine du chef, la mine un peu verte. Pour un peu et elle ressemblerait désormais à la méchante sorcière de l'Est... Il faut que j'arrête avec ces comparaisons peu flatteuses. Madame Alice a eu une soirée aussi éprouvante que la mienne et je dois faire preuve de compassion pour mes sœurs humaines.

— Oui, Madame. J'ai ce malheur, répond ma patronne avec élégance.

La femme paraît surprise par la politesse un peu surannée de Madame Alice. Il est vrai que, de nos jours, les gens ne font plus guère preuve d'une grande courtoisie.

— Je souhaiterais vous interroger, s'il vous plaît. Pourrions-nous nous isoler quelque part ?

Madame Alice semble dubitative un instant, puis répond :

— À part le laboratoire, je ne vois pas où nous pourrions aller. Je n'ai pas de bureau ici.

La femme grimace, peu satisfaite par cette proposition.

— Non, le laboratoire, ce ne sera pas possible. Venez, je vais prendre votre déposition dans le van de la police.

Madame Alice soupire à côté de moi et je me surprends à saisir sa main rapidement, avant qu'elle ne se lève, pour lui instiller un peu de courage. J'ai beau ne pas trop apprécier ma patronne, elle n'a pas le profil d'une empoisonneuse. Elle comptait beaucoup sur cette soirée de la Saint-Valentin pour attirer davantage de clients. Pour ce que j'en comprends, ses pâtisseries ne vont plus guère les charmer désormais. Toute la ville doit déjà savoir qu'il y a eu des empoisonnements dans son salon de thé. Pour la nouvelle clientèle, c'est fichu.

Elle serre le bout de mes doigts en retour, réponse silencieuse à mon signe de sympathie, puis se lève et suit la policière.

Réfléchis, Chloé, tu as peut-être vu le meurtrier. Avec tous les allers-retours qu'il y a eus aux toilettes, n'importe qui avait l'opportunité d'empoisonner les gâteaux mais, quand même, six gâteaux... C'est long. Il ne s'agit pas juste d'une ou deux gouttes de poison sur une pâtisserie, il en a empoisonné six ! Quand a-t-il pu réaliser une telle prouesse ? Il faut que je définisse une fenêtre temporelle au cours de laquelle le meurtrier a eu le temps et l'opportunité d'empoisonner les six gâteaux. Quand ai-je vérifié l'alignement de mes éclairs pour la dernière fois ? Réfléchis, Chloé, réfléchis.

— Madame. Je vous remercie de bien vouloir me suivre, je vais recueillir votre témoignage.

Je relève le nez et tombe sur le gars pas aimable à qui j'ai tenté de faire comprendre que six gâteaux avaient été empoisonnés... Alors, Robocop, tu as relancé ton programme ? Regard de biais antipathique vers ma petite personne... En fait, pas si petite ma personne, mais vous me comprenez... Je crois que ma poisse légendaire a de nouveau frappé. Il y avait plusieurs enquêteurs sur les lieux, mais je me retrouve avec un Robocop contrarié... Pfff...

Je me lève et suis le policier vers l'extérieur.

Plusieurs véhicules sont encore garés, la plupart appartenant aux forces de police, mis à part l'un d'eux, qui ressemble plutôt à un laboratoire ambulant. D'ailleurs, des hommes en combinaison blanche en sortent et je suppose qu'ils vont faire évacuer la salle dans les plus brefs délais... Tous ces va-et-vient ont forcément contaminé la scène de crime, mais comment faire autrement ? Il fallait bien essayer de sauver ces gens... D'abord, les secours, ensuite, les investigations...

Et si le meurtrier avait aussi compté sur la confusion apportée par ses multiples meurtres ?

— Madame, vous me comprenez ?

Oups, il va falloir que je me concentre sur ce policier... Il n'a déjà pas l'air aimable, si en plus je ne prête aucune attention à lui... Allez, Chloé, focus sur Robocop !

> **Manuel de survie de Chloé[7]**
> 💰 **Spécial job SUPER moisi** 💰
>
> **Règle n°1 rectifiée.** La patronne ne méritait pas qu'un meurtrier prenne son salon de thé pour scène de carnage... Moralité : compassion et soutien à Madame Alice !
>
> **Règle n°2 :** Ne pas paniquer quand un tiers de la clientèle vous claque entre les doigts... Ne pas paniquer... Je n'étais pas prête... La patronne, non plus...
>
> **Règle n°3 :** Répondre à Robocop, même s'il n'est pas aimable... Pas sûr que cette règle s'applique dans le cadre du travail, mais je fais ce que je peux avec ce nouveau manuel de survie !

---

[7] Mise à jour exponentielle...

Chapitre 5

Des ennuis ? Moi, jamais !

Mon entretien avec l'inspecteur... Oui, je vous le confirme, il a fini par se présenter de façon officielle et c'est l'inspecteur Victor Marchand. Bref, Robocop - qui a arrêté de bugger, vive les mises à jour -, a finalement décidé que mon témoignage méritait les honneurs de la République et m'a emmenée visiter le commissariat le plus proche. J'ai ainsi pu découvrir ce haut lieu de la République française et bénéficier d'un recueil de ma déposition en bonne et due forme. Je vous rassure, je n'étais pas seule dans cette découverte des lieux, Madame Alice ayant bénéficié de la même invitation. J'ignore pourquoi, mais je sens que l'empoisonnement pèse lourdement sur nos épaules. Il faut dire que je suis la pâtissière en chef et que ma patronne est la propriétaire des lieux. Toutefois, comme je l'ai fait remarquer à Robocop, il est rare que des empoisonnements alimentaires déclenchent des morts aussi rapides. Robocop, étant suspicieux par nature, m'a aussitôt demandé ce que je savais des poisons. Je lui ai répondu de façon fort urbaine que, comme tout un chacun, j'en savais autant qu'un lecteur d'Agatha Christie. Bref, la conversation n'a pas été aimable et, même si j'ai été relâchée, je sens que ma petite personne bénéficie de toutes les attentions possibles. En revanche, quand j'ai demandé à ce charmant représentant de l'ordre quels seraient les motifs d'un tel empoisonnement, il m'a observée l'œil vide. Comme quoi, qu'ils soient professionnels ou amateurs, pour le moment les détectives se cassent les dents sur cette affaire.

Pour ma part, je n'ai pas l'intention de me limiter au premier suspect, c'est-à-dire moi. Je suis certaine d'être innocente, sinon il va falloir m'enfermer de toute urgence, je deviens dangereuse avec l'âge. De plus, même si je sais qu'un détective doit toujours se fonder sur des faits, je suis quasi certaine que Madame Alice n'avait aucun intérêt à fusiller la réputation de son salon de thé.

Reste à savoir qui avait un intérêt à tuer et qui était la cible principale du tueur. Je garde toujours à l'esprit qu'un assassin délirant aurait pu empoisonner au hasard les éclairs à la fraise pour le goût du frisson ou la satisfaction d'une folie momentanée, mais je pense que ce genre de tueur est assez rare au final. Il me semble plus raisonnable de rechercher parmi les victimes, laquelle devait mourir ce soir-là... Certes, le procédé est étrange, mais certains meurtriers sont très méthodiques. Comme des joueurs d'échecs, ils prévoient à l'avance de nombreux coups pour ne pas laisser échapper leur cible.

J'en reviens à mes éclairs. Quoi qu'en dise Robocop, il n'est pas normal que six assiettes aient été tournées. Il n'y en aurait eu qu'une ou deux, j'aurais pu admettre qu'un ou deux clients indélicats avaient sorti l'un ou l'autre des éclairs de la vitrine, où ils étaient exposés, pour les regarder de plus près. Toutefois, vous ne me ferez pas croire que, sur dix-huit convives, il y avait assez de rustres pour faire pivoter sur eux-mêmes six éclairs. Non, je suis persuadée que le tueur a empoisonné un tiers des gâteaux pour être certain d'abattre sa cible. Il a assuré le coup. Après tout, il ne pouvait pas savoir dans quel ordre nous allions servir les tables... à moins d'assister au repas et d'observer comment nous avions procédé au service pour les amuse-bouches, l'entrée et le plat principal. Cela a laissé à l'assassin l'opportunité d'empoisonner les gâteaux avec un peu plus d'assurance d'abattre sa cible. L'entreprise était risquée, mais quand on ne redoute pas de tuer des innocents, elle devient beaucoup plus réalisable.

J'en suis là de mes réflexions, toujours assise au volant de ma Twingo, que je viens de rentrer dans le jardin, quand une ombre surgit près de la portière passager au risque de m'achever... La porte s'ouvre sur un Marc livide.

— Ça va, Chloé ?

Je l'observe l'œil vide. N'ayant été ni empoisonnée, ni embastillée, je considère que mon ange gardien a rempli son office, donc je vais bien.

— Oui. Je réfléchis.

Ce simple mot a toujours un effet incroyable sur mon compagnon. Il faut dire que Marc Norton, détective privé de son état, ancien membre du GIGN, n'apprécie pas quand une amatrice fait fonctionner ses petites cellules grises pour résoudre des meurtres.

— Chloé...

J'observe mon compagnon, agréable et sympathique quatre-vingt-dix-neuf pour cent du temps, sauf lorsque je me mets en tête de faire fonctionner mon cerveau pour la lutte contre le crime. À l'instar d'Hercule Poirot et de Miss Marple, j'aime que les assassins ayant croisé ma route finissent derrière les barreaux. C'est une sorte de principe de vie que je me suis imposée il y a quelques années.

— Oui, Marc ?

— Chloé !

Mon cher ami, ce n'est pas parce que tu répéteras mon prénom à l'envi que je vais lâcher l'affaire. Foi de Miss Marple en mini-jupe ! Un petit surnom qu'il m'a donné il y a quelques années...

Je me décide à sortir de la voiture, ferme ma porte alors que j'entends la portière du côté passager claquer et je verrouille ma Twingo jaune. C'est une antiquité. Désormais elle prend de la valeur chaque année qui passe !

Soudain, deux bras puissants me collent contre mon compagnon, qui écrase sa bouche contre ma tempe.

— Quand j'ai reçu la nouvelle qu'une série d'empoisonnements avait eu lieu dans le café où tu travaillais ce soir, j'ai cru que mon cœur allait lâcher.

Il est choupi, James Bond, quand il veut...

— Tu sais bien que mon ange gardien est plus costaud que ça...

— Ton ange gardien a bien du mérite. J'espère qu'il n'a pas trop de numéros comme toi sur sa liste.

— Qui sait ? Il y a peut-être des anges gardiens spécialisés dans les malchanceux.

Marc ricane contre mon oreille.

— Comme je n'arrivais pas à savoir où tu étais, j'ai téléphoné à deux ou trois de mes connaissances. Ils m'ont précisé que tu étais interrogée sur le déroulement de la soirée. Cela m'a déplu et rassuré à la fois. Si tu étais en état d'être interrogée, c'est que tu n'avais pas été empoisonnée.

Si je comprends tout, James Bond a une fois de plus usé de son carnet d'adresses pour me surveiller. Même si cela part d'un bon sentiment, cela me contrarie. Je suis certaine qu'il va me casser les pieds tout le long de cette affaire.

— Tu sais avec quoi ont été empoisonnés ces pauvres gens ? m'enquiers-je le plus innocemment du monde.

Autant essayer d'avoir des infos...

Marc se recule et me fait pivoter sur moi-même pour me regarder bien en face.

— Je t'interdis d'enquêter sur ces crimes, tonne-t-il.

— Je suis certaine que la solution est dans ma tête. Reste à me souvenir de tout et à replacer les éléments dans leur ordre chronologique.

— Chloé, on parle d'un assassin.

— Oui, comme tous les précédents.

Marc a un petit moment de flottement. Il sait, tout autant que moi, que j'ai contribué à l'arrestation de plusieurs assassins à ce jour. Notez que je ne cherche pas à croiser leur route mais, depuis quelques années, ils ont la fâcheuse tendance à se coller dans mes pattes et à être surpris qu'une actrice au décolleté pigeonnant puisse aussi être dotée d'un cerveau.

— Julie est morte dans mes bras.

Je ne sais pas pourquoi j'ai dit ça... Il faut croire que ce souvenir me pèse davantage que je veux bien l'admettre.

Marc se glace un instant, puis pose ses mains sur mes épaules avant de les masser légèrement.

— Viens. Tu vas me dire ce que tu as vu.

Mon compagnon est un homme intelligent et ayant l'habitude des enquêtes. Autant discuter avec lui, cela m'aidera peut-être à mettre mes idées au clair.

♥ ♥ ♥

Nous sommes installés dans le salon et nous discutons depuis une bonne heure. Je me rends compte que Marc avait prévu une petite soirée pour nous après mon service. Il avait sorti des flûtes à champagne, une grosse boîte de chocolats en forme de cœur est posée sur la table ainsi qu'un gâteau au chocolat, qui commence à tourner de l'œil. Malheureusement, les événements de la soirée m'ont coupé l'appétit. J'aurais volontiers fait un sort à ce gâteau au chocolat, mais je n'ai même pas pu en avaler une bouchée. Pour ma part, j'avais acheté une jolie écharpe du même bleu que les yeux de Marc.

— Je suis d'accord avec toi, dit-il après un moment de réflexion. C'est bizarre ce truc des assiettes... Et tu es certaine qu'elles étaient toutes alignées ?

— Marc, je suis nulle pour le service. Tout ce qui peut me faire gagner du temps est strictement mis en place. Je t'assure que, lorsque j'ai installé les assiettes avec les éclairs en début d'après-midi dans le frigo, toutes mes assiettes étaient tournées exactement de la même façon.

Il ne me répond pas et se contente de hocher la tête.

— Est-ce que tu te souviens du dernier moment où tu as vu toutes tes assiettes alignées ?

— J'ai beau réfléchir, la dernière fois, c'est quand j'ai fermé le frigo. Après, nous avons bougé les tables ou je devrais dire que j'ai bougé les tables sous la direction de Madame Alice. Nous avons installé la salle et je ne pense pas que quiconque se soit approché du frigo avant le début de la soirée.

— Mis à part ta patronne.

Je grimace malgré moi.

— Franchement, si elle avait eu envie d'assassiner quelqu'un, elle ne l'aurait pas fait dans son établissement.

Marc se fige un instant.

— Tu n'en sais rien. Tu ne connais pas assez cette femme pour décider qu'elle est innocente *a priori*. Tu dois conserver à l'esprit que ta « Madame Alice » est aussi suspecte que tous les autres... Toi, y compris, aux yeux de la police.

Je me redresse, offensée par cette phrase.

— Mais je ne connaissais même pas les gens qui sont venus dîner !

Marc paraît surpris.

— Tu ne connaissais aucune des victimes ?

Je réfléchis et finis par faire un grand signe négatif de la tête.

— Muriel m'a présenté Geneviève juste avant le repas. Je n'avais jamais vu ni Jonathan, ni Julie. J'avais peut-être vu l'une ou l'autre des filles de la table centrale, mais je ne m'en souviens que vaguement. Concernant la « table de Roméo », je crois que l'une des victimes venait parfois au salon de thé, mais je suis incapable de savoir son prénom. Je sais seulement que les quatre morts s'appelaient Jonathan, Julie, Marie et Aloïs.

— Est-ce que ta patronne connaissait ces gens ?

— Je ne sais pas. Les seuls qui soient des réguliers, ce sont Anne et René. Ce sont nos voisins et ils viennent souvent acheter des gâteaux.

— Parle-moi de cette salle.

— Pardon ?

Que veut James Bond ?

— Décris-moi les tables.

Bon, ben, quand il utilise ce ton, il n'y a plus qu'à

obéir... Il a de la chance d'avoir son physique, sinon son caractère de cochon passerait beaucoup moins bien !

— Quand tu rentres dans le salon, sur ta droite en partant du fond de la salle jusqu'à la vitrine, il y avait Muriel et Geneviève, qui étaient installées près du comptoir. Au milieu, il y avait Anne et René, la « table de Papi et Mamie ». Sur le côté droit près de la vitrine, il y avait Jonathan et son ami Mario, la « table des garçons ». Au milieu de la salle, il y avait la « table des filles » avec cette pauvre Julie. Enfin, sur le côté gauche, en fond de salle, tu avais la « table des déprimés de la vie » et, côté vitrine, la « table de Roméo ».

— Pourquoi la « table de Roméo » ?

— Parce que j'ai trouvé un peu étrange que ce garçon, Thomas, vienne pour une soirée de la Saint-Valentin avec trois filles, d'autant qu'elles lui faisaient les yeux doux.

Marc tique à cette information.

— Et, sur les trois filles, il y a deux mortes.

Je sens mes sourcils se froncer tout seuls, puis je cherche le regard de Marc. D'évidence, il vient de mettre le doigt sur quelque chose. Si je réfléchis bien, il n'y a que deux tables qui ont été épargnées : la « table des Papi et Mamie » et la « table des déprimés de la vie ».

— Le problème, c'est que je ne sais pas où est le sixième gâteau empoisonné... réfléchis-je à haute voix.

Marc hoche la tête.

— Effectivement, ce serait intéressant de savoir qui devait être la sixième victime. Dans ce que tu me décris du restaurant, à la table de Muriel et Geneviève, Geneviève a été empoisonnée ; à la table de vos voisins, aucun des deux n'a été intoxiqué...

— Et ils avaient commencé leurs gâteaux. J'ai eu le réflexe de regarder, quand nous étions encore dans la salle.

James Bond opine du chef, avec un petit sourire en coin trop craquant... Pfff, il est mignon, quand même.

— Donc pas de poison à la table de vos voisins. À la « table des deux garçons », Jonathan est mort ; à la table centrale, Julie est assassinée ; à la « table de Roméo », il y a deux victimes. Quid de la « table des déprimés de la vie » ? Est-ce que tu as regardé si les autres convives de la « table de Roméo » ou ceux de la « table des déprimés » avaient entamé leurs éclairs ?

— Pour la « table de Roméo », Thomas n'avait pas commencé et Juliette n'a même pas eu l'opportunité de se poser la question puisque, quand j'allais la servir, Julie s'est étouffée et j'ai échappé l'éclair sur ses genoux.

— Est-ce que tu as touché ces gâteaux pendant le service ?

— Bien sûr que non, c'est pour ça que j'avais fait très attention à tourner les assiettes de façon à ce que je puisse les attraper sans toucher les gâteaux.

Marc réfléchit un instant, puis acquiesce d'un geste lent.

— D'accord. Par conséquent, potentiellement, le sixième gâteau se trouvait soit dans l'assiette de Thomas, soit sur les genoux de Juliette, soit à la « table des déprimés ».

Je réfléchis un instant, puis finis par opiner du chef.

— Oui, Muriel avait commencé son gâteau, ainsi qu'Anne, René, Mario et les filles de la table centrale. Le sixième gâteau se trouve forcément dans l'une des deux dernières tables de quatre.

J'ignore pourquoi, mais il me semble que localiser ce

gâteau est important. S'il s'avérait que ma maladresse a sauvé la vie de Juliette, Thomas serait d'une façon ou d'une autre mêlé à cette affaire. En revanche, si le gâteau se trouvait à la « table des déprimés », cela rebattrait les cartes et ferait de nos voisins un duo d'étranges chanceux. Ils seraient les seuls à ne pas avoir eu de gâteaux empoisonnés à leur table... Un bâillement me surprend et je me frotte les yeux avec vigueur.

Marc se lève aussitôt s'empare du gâteau au chocolat, qui fond de plus en plus, et le rapporte à la cuisine. Nous le mangerons avec les enfants demain.

Je finis ma tisane et me lève pour rejoindre la chambre. Marc me rejoint sur le seuil de la porte et je me dis que, pour une fois, ma soirée de la Saint-Valentin ne sera pas endiablée... Non, le diable était bien parmi nous ce soir, mais il n'avait pas envie de célébrer les amoureux... Il leur a fait la peau.

Chapitre 6.

Et, maintenant, je dessine en plus...

Samedi 15 février - Temps ensoleillé (c'est déjà ça de pris sur l'ennemi). Journée à définir... Patronne absente ! Je me réserve le droit de méditer dans ma Twingo en cas de besoin...

Après avoir garé mon bolide devant chez Muriel, je prends le temps de réfléchir deux minutes. Heureusement pour moi et mon enquête - oui, à ce stade, c'est mon enquête -, c'est le week-end de mon ex-mari pour garder notre progéniture commune. Joie et alacrité, je n'aurais pas mes poussins de compétition dans les pieds pendant deux jours !!! Youhou !!! Quoi, mère indigne !!! Que celle qui ne s'est jamais réjouie de larguer les gosses quelque part entre de bonnes mains - du moins, je l'espère - me jette la première pierre ! Je suis tranquille, je ne vais pas être lapidée de sitôt ! Donc, les poussins sont casés, reste le coq de compétition... Marc m'a fait les gros yeux toute la matinée avant de devoir partir pour l'une de ses enquêtes, non sans avoir tenté auparavant de me faire jurer de ne pas bouger de la maison. Bien sûr, je n'ai rien juré du tout, je n'aime pas être parjure.

Par acquit de conscience, j'ai vérifié si Madame Alice avait pu rouvrir le salon de thé, mais l'établissement était fermé. En dehors d'une masse de badauds qui prenaient en photo la devanture du salon de thé, il n'y avait plus personne. C'est pourquoi, j'ai décidé de rendre visite à Muriel. Notre régisseuse, coiffeuse, habilleuse - choisissez le métier qui vous plaît -, a toujours été de bon conseil. En outre, elle aura peut-être des nouvelles de son amie Geneviève.

Je sors donc de ma Twingo et toque à la porte de la maisonnette de campagne de Muriel. C'est une jolie petite maison, bien entretenue, mais un peu vieillotte[8]. De jolis arbustes taillés vous accueillent sur le seuil... Muriel ouvre la porte avec vigueur. Notre régisseuse a toujours été une femme robuste, malgré son mètre cinquante au garrot...

— Oh, Chloé, c'est toi ! Entre, je t'en prie.

À ma grande surprise, je ne suis pas la seule des « Shakespeare en pire » à être présente. En fait, il ne manquait plus que moi pour que l'équipe soit au complet. Cyrielle, notre blondinette préférée, est installée dans l'un des fauteuils de Muriel et s'occupe les mains avec du crochet, sa nouvelle marotte. Elle nous a promis des bonnets pour Noël prochain et s'applique à réaliser ses œuvres avec entrain. Toutefois, comme elle avance d'une maille et en défait deux à chaque fois, je ne suis pas certaine qu'un seul de ses bonnets sera prêt dans onze mois.

Serge et Luc, les deux autres fondateurs de la troupe des « Shakespeare en pire » avec Bibi - oui, moi -, sont aussi de la partie. Luc, un petit bonhomme trapu et sympathique, arbore l'air grave qui sied aux circonstances, quant à Serge, notre colosse des îles, il

---

[8] Dire « vintage » pour être plus cool... Ça se dit encore « cool » ?

semble encore plus gigantesque que d'habitude, dans le petit salon de Muriel.

J'embrasse tout ce beau monde et, après quelques échanges courtois, nous en venons au vif du sujet.

— Chloé, j'espère que tu ne vas pas passer ton week-end à enquêter sur ces meurtres ! m'assène Cyrielle sans que personne ne lui ait rien demandé.

Je trouve la nouvelle génération très déplaisante. Ils se permettent des remarques à leurs aînés que je... que nous... Bon, ok, oubliez ! J'ai cassé les pieds à mes aînés autant, voire, plus que Cyrielle... Pourtant, d'habitude, notre blondinette est très sympathique, mais pas aujourd'hui.

— Ah, je suis d'accord avec toi, Cyrielle ! confirme Luc, qui ne rate jamais une occasion de me piétiner les arpions.

Quand vous aurez tous fini de sauter sur mes escarpins à pieds joints, vous me préviendrez ! Ils sont tout pourris maintenant !!!

— Les amis, temporise Serge de sa voix de stentor, vous savez que plus on dit à Chloé de ne pas faire une chose, plus elle la fait.

Cyrielle et Luc échangent un regard pensif, puis reportent toute leur attention sur moi.

— Je t'incite vigoureusement à mener une enquête détaillée, s'exclame Luc sans rougir de ce dédit en moins de trente secondes.

— Oui, le soutient Cyrielle avec une mauvaise foi qui ne lui fait pas honneur. Tu devrais enquêter sur ces crimes, cela fera le plus grand bien à ton cerveau.

Hé !!! Qu'est-ce qu'il a mon cerveau ? Il va très bien mon cerveau ! Mes petites cellules grises sont en ordre de marche et n'ont pas besoin d'être stimulées !

— Quand vous aurez fini vos bêtises, dis-je avec une

patience qui devra être portée à mon crédit le jour du Jugement dernier, nous pourrons peut-être prendre des nouvelles de l'amie de Muriel.

Un vent glacial n'aurait pas plus figé cette assemblée. Oui, j'ai parfois cet effet sur les foules. Notez que je n'en tire aucune satisfaction personnelle.

Muriel se rembrunit avant de nous expliquer :

— J'ai téléphoné à l'hôpital où Geneviève est hospitalisée. Elle est toujours en soins intensifs, mais les médecins ont bon espoir de la sauver. Toutefois, avec un empoisonnement au cyanure, on ne sait jamais comment cela va tourner...

Nous sursautons à l'unisson face à la bombe, qui vient d'être lâchée au milieu du salon de notre régisseuse.

— Du cyanure ! répète Cyrielle hébétée.

— Oui, d'après ce que m'a dit l'infirmière, les doses étaient incroyables et ceux qui ont trop entamé leurs gâteaux ne pouvaient pas survivre. La chance de Geneviève est qu'elle n'avait plus faim et qu'elle n'a fait que grignoter son dessert. Une fleur par-ci, un bout de glaçage, un peu de crème, assez pour la mettre en danger, mais pas pour la tuer en quelques minutes, comme les autres malheureux.

Du cyanure... Moi qui faisais référence à Agatha Christie, me voilà plongée en plein Hercule Poirot...

Je sors mon téléphone portable et lance aussitôt une recherche sur ce poison. Les occurrences sont nombreuses, mais je commence par la fiche Wikipédia. D'habitude, cela donne un panorama assez complet de ce qu'il faut savoir sur une question.

Je parcours l'article beaucoup plus long que je ne l'imaginais et retiens plusieurs éléments. D'abord, le cyanure peut être de différentes sortes, mais la plupart du temps il est caractérisé par une légère odeur d'amande. Ensuite, il est très difficile de venir à bout d'un empoisonnement massif au cyanure. En effet, si le corps est capable de purger de petites doses de ce poison, il est saturé par les doses massives et, la plupart du temps, les victimes subissent de violentes convulsions, une baisse de tension et du rythme cardiaque doublée de troubles respiratoires, qui mènent à une perte de connaissance, puis au coma et, enfin, à la mort. Je comprends mieux pourquoi cette pauvre jeune fille, Julie, était dure comme du bois. Elle convulsait si fort que j'ai cru à une tétanie... La pauvrette n'a même pas eu le temps de tomber dans le coma avant de mourir. Nul doute qu'elle avait avalé une dose massive.

— Mais où est-ce qu'on trouve du cyanure de nos jours ? s'interroge Cyrielle.

— Rien n'est difficile à trouver de nos jours... répond avec philosophie Serge.

Je retourne chercher des informations en ligne et constate qu'il a raison. Il y en a déjà à l'état naturel dans des fruits et des légumes comme le manioc ou les noyaux d'abricots. Bien sûr, l'industrie chimique n'est pas en reste et, malgré leur immense toxicité, les cyanures de toutes sortes sont communément utilisés dans des pesticides et diverses activités, sans parler de leur présence dans de nombreux laboratoires. Pourtant, les doses mortelles sont assez légères au final, le plus terrible étant l'ingestion du cyanure, comme dans notre affaire. Au contact des sucs gastriques, les cyanures s'acidifient et se transforment en cyanure d'hydrogène, un composé volatil encore plus toxique. La mort ne prend que quelques dizaines de secondes à partir du moment où ce gaz apparaît dans l'organisme.

— Le tueur ne leur a laissé aucune chance, murmuré-je.

Mon constat glace notre assemblée, mais je vois à la mine déterminée de mes amis, qu'ils ne sont pas loin de vouloir, eux aussi, mettre leur nez dans cette affaire.

— Est-ce que nous savons qui était visé ? demande Serge.

Mon colosse des îles a toujours été le plus enthousiaste face à mes enquêtes.

— Non. En revanche, je suis certaine qu'il y avait six gâteaux empoisonnés.

Muriel se renfrogne pendant que Cyrielle est en train de compter sur ses doigts.

— Six ? Tu es sûre ? m'interroge Muriel.

— Oui, en début d'après-midi, quand j'ai préparé les vitrines pour le service, j'avais tourné tous les gâteaux de manière à pouvoir attraper les assiettes le plus vite possible, sans que les éclairs ne me gênent dans la manœuvre. Toutefois, quand l'heure du dessert est arrivée, je me suis retrouvée bête devant le frigo. Il y avait six gâteaux qui avaient été pivotés. J'ai trouvé ça suspect, mais Madame Alice était pressée de finir le service et elle a aussitôt emporté trois assiettes en salle, sans me laisser le temps de réfléchir, puis elle a enchaîné avec les trois éclairs suivants.

Muriel se plonge quelques instants dans ses souvenirs.

— Oui, se remémore-t-elle. Je me souviens, j'ai trouvé bizarre que tu ne suives pas ta patronne avec des assiettes. Elle est venue, m'a donné le premier gâteau, puis le second à Geneviève, puis elle a servi notre voisine de table...

— Anne... précisé-je.

— Elle est repartie et j'ai été étonnée de ne pas te voir arriver. Elle est revenue presque aussitôt, a servi notre voisin de table, puis les deux garçons, et c'est seulement à ce moment-là que je t'ai vu servir les trois premières filles à la table du milieu, ensuite tu t'es précipitée pour rattraper ton retard et tu as reparu avec trois gâteaux, un pour la table des filles et deux pour la table des affreux jojos en face.

— La « table des déprimés de la vie », expliqué-je.

Muriel éclate de rire et confirme :

— C'est vrai, c'est bien trouvé. Ensuite, j'ai mangé mon gâteau et je n'ai plus fait attention à la fin du service.

— Après, continué-je, Madame Alice a servi ses dernières assiettes à la « table de Roméo », pendant que je donnais leurs deux derniers desserts aux déprimés de la vie. Puis, je me suis dirigée vers la « table de Roméo » où il manquait un dessert. Au moment où je tendais la dernière assiette, Julie a commencé à convulser et j'ai renversé le gâteau sur les genoux de Juliette, la binoclarde.

— Oui, la petite pas très jolie au milieu des trois Apollons, commente Muriel, moins bienveillante qu'à son habitude. Enfin, plutôt Apollon et ses deux Vénus. Ça m'a surprise l'alliance de ces jeunes. Le garçon est beau comme un dieu, les deux pauvres malheureuses, qui ont été empoisonnées, étaient jolies comme des cœurs et il y a ce vilain petit canard au milieu.

— Oh, ce n'est pas gentil ! s'indigne Cyrielle avec raison.

— Ça n'a rien de physique, explique Muriel, elle pourrait être mignonne, mais elle a un petit air grincheux très déplaisant. Et tu lui as renversé son gâteau sur les genoux ?

— Oui, je lui ai peut-être sauvé la vie au final. Comme je vous le disais, six assiettes avaient été tournées et, pour le moment, nous n'avons eu que cinq victimes.

Serge fronce les sourcils.

— Tu te souviendrais de l'ordre des assiettes dans le réfrigérateur et de la façon dont vous avez fait le service ?

Je réfléchis, pas certaine de comprendre à quoi fait référence Serge.

— Qu'est-ce que tu veux dire ?

— Est-ce que tu te souviendrais des six assiettes qui ont été pivotées ? Ensuite, tu pourrais reconstituer l'ordre dans lequel vous avez enlevé ces desserts, ce qui te permettrait de savoir qui devait recevoir le gâteau empoisonné.

Mon pote est un génie ! Muriel se lève d'un bond, se saisit d'un bloc-notes et me le tend avec un crayon à papier.

Je me mets aussitôt à griffonner deux rangs de neuf assiettes chacun. Réfléchis, Chloé. Il faut que tu retrouves l'ordre exact des assiettes qui ont été bougées et, ensuite, tu reconstitueras la façon dont vous avez pris les assiettes sur les deux rangs pour servir la salle.

Autour de moi, mes quatre amis font silence, conscients que je dois visualiser avec précision les deux rangs tels que je les ai observés pendant quelques instants, avant que Madame Alice ne prenne les premières assiettes. Je suis certaine qu'il n'y avait que deux assiettes de travers en bout du rang du bas. En revanche, il y en avait quatre sur le rang du haut et j'ai un doute sur leur emplacement exact. Je réfléchis et positionne les premiers gâteaux au crayon à papier, afin de pouvoir corriger mon dessin si besoin est. Après quelques instants de réflexion, je me mets d'accord avec moi-même sur une organisation des assiettes.

— Maintenant, dit Serge, essaye de formaliser la façon dont vous avez prélevé les desserts sur ces deux rangs.

Je réfléchis et entoure aussitôt les trois premières assiettes.

— Au moment du service, je me suis fait la réflexion que Madame Alice aurait quand même pu laisser les assiettes pivotées, le temps que je réfléchisse... Lors de son premier tour, elle a pris les deux assiettes en bout de rangs à droite, qu'elle a placé sur son avant-bras droit et l'assiette suivante du haut dans sa main gauche. Elle a servi Muriel en premier de sa main gauche, puis Geneviève, puis Anne. C'est Madame Alice qui m'a appris à positionner deux assiettes sur mon avant-bras droit, puis à prendre la troisième assiette dans la main gauche. La dernière que l'on prend est la première que l'on sert, puisqu'il faut libérer la main gauche pour servir les autres assiettes...

Les autres observent l'avancée de mes déductions en silence.

— Quand elle est revenue, Madame Alice s'est emparée des deux assiettes suivantes du haut pour charger son bras droit et a pris dans sa main gauche une assiette en bas, qu'elle a servie à René, puis elle a donné les éclairs sur son avant-bras droit aux deux garçons.

J'inscris les noms des clients sous les assiettes, au fur et à mesure que je progresse dans ma reconstitution.

— À mon tour, j'ai contribué au service. Comme le rang du haut avait été bien entamé, j'ai chargé mon avant-bras droit avec deux assiettes du bas, puis j'ai pris dans la main gauche, sur le rang du haut, l'assiette fatale que j'ai servie à Julie. Je suis revenue en courant et j'ai pris trois nouvelles assiettes, une en haut et deux en bas pour rééquilibrer les deux rangs. Je l'ai fait sans même y penser. J'aime que tout soit harmonieux et, en prenant une assiette en haut et deux assiettes en bas, je faisais que six assiettes avaient été prélevées sur chaque rang. Ces trois assiettes-là n'étaient pas empoisonnées et je les ai servies à la dernière fille de la table centrale, puis aux déprimés de la vie. Enfin, Madame Alice a prélevé deux assiettes en bas et une assiette en haut. Elle s'est retrouvée avec deux assiettes empoisonnées, qu'elle a servies à la « table de Roméo ». Thomas a eu une chance de cocu, ce qui est peut-être le cas, puisqu'il était célibataire et avait décidé de fêter la Saint-Valentin avec ses amies d'enfance... Il faudra que je demande à Madame Alice si elle se souvient comment elle a octroyé les assiettes. Cela me surprend de cette dame qu'elle ait servi le garçon avant Juliette... Pour ma part, j'ai pris les deux dernières assiettes du haut pour charger mon bras droit et la dernière qui était empoisonnée sur ma main gauche, je l'ai donné à... C'est l'un des déprimés de la vie qui aurait dû mourir empoisonné ! La dernière assiette que j'ai prise était dans ma main gauche et je l'ai servie en priorité à la « table des déprimés de la vie », puis j'ai prélevé la première assiette de mon avant-bras droit pour la donner au dernier déprimé, avant de donner la dernière assiette à Juliette ou, plutôt, de lui renverser sur les genoux. Je peux vous dire qu'il y a un des déprimés, qui a une chance à gagner au loto !

Je tourne le carnet pour le montrer aux autres.

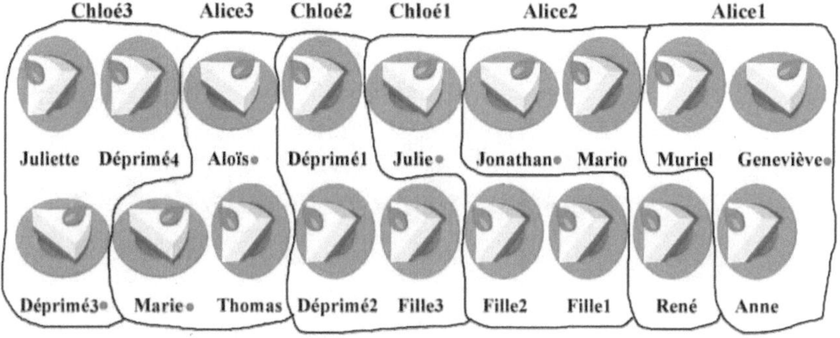

Oui, je sais, je suis nulle en dessin et mes éclairs sont finalement des parts de gâteaux, mais je m'en fiche ! Je suis actrice, pas dessinatrice !!!

Mes amis se penchent sur mon dessin et opinent du chef.

— Et cela nous mène où ? s'interroge Cyrielle.

— Cela nous mène au fait d'avoir éliminé une piste. Je m'étais dit que si Juliette était celle qui devait être empoisonnée, cela faisait trois filles à tuer sur la « table de Roméo » et, par conséquent, que le Roméo en question pouvait être un empoisonneur en puissance. Seulement maintenant que nous savons que la dernière assiette empoisonnée a été donnée à l'un des déprimés de la vie, la seule chose que nous puissions constater est que nos voisins Anne et René sont les plus chanceux de la salle. Ils sont la seule table où aucune assiette empoisonnée n'a été distribuée.

Mes amis opinent du chef en silence, conscients que la route est encore très longue avant de trouver le tueur.

Chapitre 7

Et si je me jetais dans la gueule du loup ?

Cette conversation avec mes amis a eu l'avantage d'éclaircir mon esprit. Comme je l'ai déjà fait remarquer à Marc, je suis certaine que la solution est dans mon cerveau. J'étais là, je n'ai peut-être pas tout vu, mais j'ai observé beaucoup de choses. Maintenant que j'ai défini quelles étaient les assiettes empoisonnées et qui en avaient été les destinataires, il me reste les questions les plus importantes, à savoir :

- Qui était la cible du tueur ?
- Comment le tueur s'y est-il pris pour que l'assiette empoisonnée ou, au moins, l'une des assiettes empoisonnées soit distribuée à sa victime ?
- Pourquoi a-t-il tué le soir de la Saint-Valentin ?

Sur cette dernière question, je serais assez tentée d'y voir une vengeance amoureuse. Vous ne me ferez pas croire qu'un tueur lambda a décidé d'assassiner quelqu'un le soir de la Saint-Valentin par le plus grand des hasards. Non. Il y a forcément une symbolique dans cette date. En outre, le procédé choisi par le tueur n'est pas le plus simple à mettre en œuvre. Certes, nous avons affaire à un esprit tordu et malveillant, qui ne recule pas devant l'empoisonnement de plusieurs personnes innocentes pour atteindre sa cible. Cela dénote une pensée perverse et démunie d'empathie. La difficulté est que je ne connais pas assez l'histoire personnelle des clients du restaurant de cette fatale soirée pour trancher ces questions.

La seule table que je suis tentée d'éliminer de l'équation est celle de Muriel et de Geneviève. Muriel ne ferait pas de mal à une mouche et Geneviève a été empoisonnée.

Procédons par ordre...

Tout d'abord, la table des voisins du salon de thé, Anne et René. Ils sont de très loin les plus chanceux de la soirée. Aucun des deux n'a été empoisonné alors qu'ils avaient tous les deux entamés leur gâteau. Pourraient-ils être les tueurs ? Je ne sais pas.

Ensuite, à la « table des garçons », Mario s'en est sorti indemne, Jonathan y a laissé la vie. D'après ce que j'en sais, Mario et Jonathan n'étaient pas en couple et ils ont dit à leurs voisins de table qu'ils s'étaient rencontrés il y avait peu de temps. Néanmoins, je n'ai aucun élément sur la vie de ces deux jeunes gens pour confirmer ou infirmer cette histoire. Puisque nous ne sommes plus à l'époque d'Hercule Poirot, je m'empare de mon téléphone portable et lance une recherche sur Internet. J'ai de la chance, puisque je m'aperçois que, parmi les rares personnes ayant aimé la publication de Madame Alice annonçant le repas de la Saint-Valentin dans son établissement, un Jonathan et un Mario apparaissent.

Je clique sur les profils respectifs des deux garçons et confirme leur identité. Mario Salvery, franco-italien, généreux de ses renseignements personnels sur son compte Instagram. Je fais défiler sa page personnelle et m'aperçois qu'il y a une photo de lui et Jonathan datant d'il y a à peine une semaine. En commentaire sous la photo est écrit : « Une belle rencontre... ». D'accord, il semblerait que l'histoire de Mario tienne la route.

Je vérifie les informations sur le compte de Jonathan, mais je m'aperçois que, même s'il y a beaucoup de renseignements sur sa page personnelle, il n'avait pas partagé la même photographie que Mario. Dois-je en déduire que Mario était plus intéressé par Jonathan que l'inverse ? Je n'en sais fichtre rien. Selon toute vraisemblance, il va falloir que j'aille interroger Mario. Hercule Poirot serait fier de moi...

Passons à la « table des filles »... Première difficulté : aucune Julie n'a aimé la publication de Madame Alice. Zut. J'ignore même le nom de famille des victimes. Mon enquête va se corser.

Je fais défiler les différents profils ayant aimé la publication, quand je tombe sur l'une des quatre filles. La photo est un peu ancienne, mais je suis certaine qu'il s'agit de l'une des amies de Julie. Voyons cela. Sophie... J'ai à peine le temps de faire défiler sa page personnelle que je tombe sur une photo d'hier soir où les quatre filles posent pour un selfie tout sourire. Cette image me retourne l'estomac. Ces pauvres gosses... Je me secoue, ne pouvant pas me permettre ce genre de réflexion, du moins pas pour le moment. En commentaire, Sophie a précisé : « Le gang des I est de retour. Bonne soirée à toutes et à tous ». Elle a identifié ses trois amies Julie, Émilie et Suri. Je comprends mieux le surnom de leur groupe. « Le gang des I », tous leurs prénoms finissent par des « i ». En revanche, « est de retour » me laisse supposer que, d'une manière ou d'une autre, les filles ont été séparées... Stage à l'étranger ? Dispute ? Ce point reste à définir.

Je survole les pages de Sophie, Julie, Émilie et Suri, mais ne trouve rien de très pertinent pour mon dossier. Il y a quelques photos de soirées, des photos de vacances avec leurs amoureux ou leurs « crushs » comme elles disent... Petite minute culturelle : Mesdemoiselles, Mesdames, Messieurs, savez-vous qu'en première acception, le mot « crush » signifie « écrasement », que le verbe « to crush » a pour sens « écraser, piler, réduire en poudre » et que ce n'est que dans un sens secondaire qu'il prend la signification de « béguin, attirance » ? Pour ma part, je ne trouve pas ce mot très encourageant pour une relation amoureuse... Bref, je me fais vieille...

D'après ce que je vois, les filles sont amies de longue date, cela ne fait pas de doute. Elles semblaient s'entendre et ne paraissent pas avoir grand-chose à cacher. Mais qui sait ? Est-ce que l'une d'entre elles voulait à toute force se débarrasser de Julie ? S'il y a eu une dispute, il faudrait que je sache entre lesquelles des filles... Je note quelque part dans mon esprit de prendre le temps de parcourir leurs pages avec plus d'attention et sur une période plus longue... Qui sait ? Je trouverais peut-être quelque chose d'intéressant. Toutefois, je ne vais pas pouvoir faire l'économie d'une visite à ces charmantes demoiselles. Même si les gens partagent de nombreux renseignements personnels sur les réseaux sociaux - beaucoup trop à mon sens -, ces informations ne suffisent pas à résoudre un crime... Dommage...

Je poursuis mes recherches et m'aperçois qu'Aloïs, l'une des deux victimes de la « table de Roméo », avait aussi aimé la publication. Je me connecte à son profil et observe avec attention les photographies de cette jolie blonde aux yeux noisette. Elle était charmante, pharmacienne, d'après ce que je lis, et célibataire depuis peu. Elle a tout un tas de publications expliquant à l'envi comment elle se reconstruit après sa rupture, comment elle passe à autre chose et comment elle envisage sa vie de nouvelle célibataire...

Je soupire, témoin malheureux de tous ces espoirs dans une vie future qui n'existera jamais.

Je hais profondément les assassins. Pour qui se prennent-ils ? Qui sont-ils pour s'octroyer le droit de vie et de mort sur leurs semblables ? J'espère qu'il y a un cercle particulier de l'enfer qui leur est réservé.

Sous les publications d'Aloïs, je constate que Thomas est l'un des grands fans de la jeune fille. Amitié ? Amour naissant ? Amours anciennes ? Je ne sais pas. Thomas est sans doute le plus avare en renseignements personnels de tous les convives pour le moment. Je constate qu'il a aimé de très nombreuses publications d'Aloïs, mais son compte ne contient presque aucun renseignement sur lui. Tant pis, la liste des gens que je dois interroger s'allonge... Mais, attendez une minute... D'après ce que je vois, il n'y a pas que Thomas qui était un grand fan d'Aloïs, Mario était aussi l'un de ses fervents admirateurs... Je réfléchis un instant. Mario est sans doute l'un de ceux qui se sont le plus levés au cours de la soirée, mais je n'ai pas remarqué qu'il s'était approché de la « table de Roméo »... Un mystère de plus...

En revanche, peu d'indices sur les pages personnelles de Marie et de Juliette... Marie n'a pas aimé la publication de Madame Alice et sa page est pour ainsi dire vide. Juliette, quant à elle, a aimé la publication mais, en dehors d'une photo de son précieux groupe d'amis, sa page est peu fournie... C'est étrange pour des filles de leur âge. D'habitude, les jeunes gens sont assez présents sur les réseaux sociaux. Peut-être que les deux filles considéraient que Instagram était *has-been*... Le problème c'est qu'en l'absence de leur nom de famille, je ne sais pas comment je vais pouvoir les retrouver sur d'autres réseaux sociaux... Madame Alice ne dispose que de sa page Instagram et n'est présente sur aucun autre support.

Je finis de faire défiler les différents profils de ceux ayant aimé la publication de Madame Alice, mais je ne trouve aucun des déprimés. Ce n'est pas forcément suspect. La moyenne d'âge de cette table était plus élevée que celle de Roméo ou des filles et les gens dans la cinquantaine n'ont pas toujours une activité soutenue sur les réseaux sociaux. Bien sûr, certains sont de grands adeptes de ces technologies mais, vu la tête des déprimés de la vie, je ne suis pas certaine qu'ils soient très enthousiastes à l'idée de participer à ces échanges prétendument sociaux. Comment vais-je mettre la main sur les déprimés ? D'autant qu'il est important que je retrouve celui qui aurait dû être empoisonné. C'est peut-être lui la cible principale...

Puisque je n'ai pas le choix, je vais rendre visite à Robocop pour lui montrer mon dessin. Peut-être qu'au cours de la conversation, il me lâchera une information ou deux...

Quand j'arrive au commissariat, mon cœur a un raté. Heureusement, je suis toujours plus ou moins sur mes gardes, ce qui me permet de constater que Marc, mon compagnon casse-pieds, alias James Bond, est en grande conversation avec Robocop, Victor je ne sais plus quoi. Bref, il va falloir que je change de stratégie. Je suis certaine que James Bond est en train de me casser du sucre sur le dos pour m'empêcher d'enquêter. C'est quand même un monde ! À quoi cela sert-il d'avoir un compagnon détective privé, s'il ne me laisse pas tranquille durant mes enquêtes ? Oui, je connais cette histoire de laisser faire les professionnels. Néanmoins, il faudrait encore que les professionnels s'intéressent à ce que j'ai à dire ! J'en suis là de mes réflexions, quand une main s'écrase sur mon épaule et manque, une fois de plus, faire flancher mon cœur. Il faut vraiment que je renforce mon cardio...

— Bonjour Madame, puis-je vous aider ?

Je me retourne pour découvrir l'inspectrice, qui a recueilli le témoignage de Madame Alice hier soir. Peut-être ai-je plus de chance que je ne le crois.

Merci ami Ange gardien ! Paix et amour sur tes ailes plumeuses !

— Bonjour Madame, dis-je, j'ignore si ce que je veux vous montrer va vous aider, mais j'ai réfléchi à ce qu'il s'est passé hier soir. Comme je suis persuadée que le poison se trouvait dans les gâteaux, j'ai tenté de reconstituer les deux étages du réfrigérateur où nous avions stocké les desserts en attendant de les servir.

La jeune femme, aux cheveux bruns et très frisés, me dévisage d'un air sérieux. Nul doute qu'elle est en train d'évaluer la véracité de ce que je suis en train de lui expliquer. Jouons cartes sur table, je crois que la demoiselle n'est pas souple de caractère.

— J'ai réfléchi et je me suis rappelée que six gâteaux avaient été tournés entre le moment où j'ai installé les assiettes dans le réfrigérateur et le moment où nous les avons servis.

Elle hoche la tête, mais ne commente pas.

Je sors mon papier et le lui montre.

— Je me suis souvenue des gâteaux qui avaient été tournés et je les ai dessinés sur le plan. Ensuite, je me suis remémorée l'ordre dans lequel nous avons pris les assiettes sur les deux rangs pour les servir au client. Cela vous donne l'ordre des empoisonnements.

Elle hoche la tête, toujours en silence. Je suis à deux doigts de m'enfuir en courant. Entre Marc, Robocop et, maintenant, la policière la plus taiseuse de l'univers, je trouve que les abords du commissariat sont très hostiles...

— Pourquoi six assiettes ?

Oh, un miracle ! La dame sait parler.

— Parce qu'il y en avait six qui avaient été bougées et que la sixième assiette a été donnée à l'un des déprimés de la vie... Euh...

Elle éclate de rire et me fait un signe positif de la tête.

— Oui, je sais à qui vous faites allusion, s'amuse-t-elle. Effectivement, c'est bien trouvé. Donc, l'un des convives, qui étaient installés à la table du fond à gauche dans la salle, a reçu un des gâteaux empoisonnés...

— Oui, mais il n'a pas eu le temps d'y toucher puisque les autres ont commencé à tomber comme des mouches, si j'ose dire.

Elle fronce les sourcils, pas certaine de savoir quoi faire de cette information.

— Lequel ? s'enquiert-elle.

Heu...

— Lequel quoi ? l'interrogé-je en retour.

— Lequel des quatre clients devait mourir empoisonné ?

— Oh, c'était le grand monsieur qui était dos au mur, en costume.

— Ah oui, Monsieur Charles Mondor, l'inspecteur du fisc.

Quand je disais que c'était des déprimés de la vie... Je ne me doutais pas à quel point...

> ### Manuel de survie de Chloé
> #### 💰 Spécial job SUPER moisi 💰
>
> **Règle n°1 rectifiée.** La patronne ne méritait pas qu'un meurtrier prenne son salon de thé pour scène de carnage... Moralité : compassion et soutien à Madame Alice !
>
> **Règle n°2 :** Ne pas paniquer quand un tiers de la clientèle vous claque entre les doigts... Ne pas paniquer... Je n'étais pas prête... La patronne, non plus...
>
> **Règle n°3 :** Répondre à Robocop, même s'il n'est pas aimable... Pas sûr que cette règle s'applique dans le cadre du travail, mais je fais ce que je peux avec ce nouveau manuel de survie !
>
> **Règle n°3 bis :** Répondre aussi à Miss Détective... Elle est plus sympa que Robocop !

Chapitre 8

Négociation avec le grand méchant loup...

— **A**h, je vois que Marc avait raison...
Des ondes négatives me frappent en pleine nuque. Je me retourne tel un aspic prêt à mordre et tombe nez à nez avec Robocop.

Merdouille... Pendant que j'avais le dos tourné, Marc et Robocop se sont approchés de nous. Ce n'est pas possible ! James Bond va encore me conspuer pendant des heures sur le fait que je mets toujours mon nez là où il ne faut pas.

Pour le moment, comme à chaque fois qu'il est très en colère, mon compagnon se contente de me fusiller du regard à travers ses lunettes de soleil. Si, si, je vous assure, je peux voir des éclairs surgir de ses pupilles à travers ses lunettes de soleil. C'est vous dire l'intensité du bazar.

— Alors, Madame, qu'avez-vous trouvé ? se moque Robocop.

Décidément, je ne l'aime pas du tout celui-là.

— En fait, quelque chose de très intéressant... me défend l'inspectrice.

Elle, je l'aime bien.

— D'après Madame, continue-t-elle, il y avait six gâteaux empoisonnés. Elle a reconstitué de mémoire les deux rangs de gâteaux tels qu'ils étaient exposés dans le réfrigérateur et, en fonction de l'ordre dans lequel elle et sa patronne ont servi les assiettes, elle a pu se souvenir de qui avait reçu quoi.

Marc oublie un instant qu'il est en colère et relève ses lunettes de soleil pour observer mon dessin.

— Déprimé n°3 ? C'est lui qui devait mourir ?

— Oui, c'est à lui que j'ai servi la dernière assiette empoisonnée. Mais, heureusement pour lui, il n'a pas eu le temps d'y toucher.

— Monsieur Charles Mondor, l'inspecteur du fisc, précise l'inspectrice.

Robocop a une drôle de grimace. Soit il n'apprécie pas plus que moi les inspecteurs du fisc, soit il vient de penser à quelque chose de déplaisant.

— Ça nous ajoute une cible potentielle... Après tout, les inspecteurs du fisc ne sont pas aimés...

Un point pour Robocop. Effectivement, assassiner un inspecteur du fisc n'est pas d'une originalité extrême. Malheureusement pour ces gens, leur profession, pourtant nécessaire, est détestée et ils ont parfois affaire à des comportements violents... Et si c'était lui la victime désignée ? Je tente de réunir mes informations dans ma tête, quand Marc s'empare de mon bras et se met à me remorquer derrière lui.

Aïe ! Mais quelle brute !

— Arrête! m'indigné-je.

— J'arrêterai quand tu arrêteras. À toi de choisir.

— Marc, c'était important que je leur transmette ces informations !

Il s'arrête et me fait face. Se souvenant qu'il est parti comme un sauvage, il adresse un signe de tête aux deux inspecteurs qui nous observent les yeux ronds.

— Ils vont croire que tu es violent physiquement avec moi, râlé-je. Lâche-moi !

Les éclairs reprennent de plus belle, mais je n'en ai cure. Il obtempère, conscient que son comportement n'est pas acceptable en société.

— Tu vas me faire le plaisir d'arrêter de réfléchir à cette affaire.

— Non.

L'information a du mal à passer dans le cerveau de James Bond. Il est en arrêt sur image et ne semble pas comprendre ma réponse. Pourtant, le vocabulaire n'est pas compliqué.

— Je te demande pardon ? gronde-t-il.

Oh, ce n'est pas la peine d'user des tons les plus graves de ta voix, nous ne sommes pas dans une chambre à coucher.

— Non, répété-je avec plus de conviction.

James Bond ne comprend pas plus à la deuxième occurrence.

— Chloé, je ne plaisante pas. Tu es témoin dans ce dossier, pas enquêtrice.

— Je suis témoin et je contribue à l'établissement de la vérité dans ce dossier.

— La justice te remercie de ton dévouement, mais il y a déjà des inspecteurs de police chargés de l'affaire. N'interfère pas dans leur enquête où il va t'en cuire.

— Sans doute, puisque tu as, une fois de plus, usé de ton influence sur tes anciens collègues pour me mettre des bâtons dans les roues.

— Tu n'as pas à enquêter.

— Je n'enquête pas, je me renseigne.

— Ne m'oblige pas à t'enfermer quelque part le temps que l'enquête soit terminée.

Voilà une nouveauté... Est-ce normal que cela me donne chaud ? Non, Chloé, focus !

— Parce que tu crois que je vais te laisser faire ? Je te

rappelle que tu es mon compagnon et que cela ne te donne aucune autorité sur moi.

Marc sent qu'il doit changer de stratégie. C'est bien, il a encore deux ou trois neurones qui fonctionnent.

— En tant que compagnon, je te demande d'être prudente. Je n'ai pas l'intention de te récupérer en morceaux.

— Pour le moment, je ne suis même pas allée voir les clients ! Alors, je ne vois pas comment le meurtrier pourrait savoir que je contribue à l'enquête à mon humble niveau.

— Comment ça, « pour le moment » ? Tu n'as quand même pas l'intention d'aller interroger les clients d'hier soir, n'est-ce pas ?

— Non. En revanche, je peux aller leur présenter mes condoléances.

— Chloé !

— Quoi ?

Marc inspire de toute l'ampleur de ses poumons afin de retrouver son calme.

— Très bien, fais ce que tu veux, mais tu n'y vas pas seule.

Je réfléchis et considère que c'est un bon compromis.

— D'accord, je vais demander à Serge, Luc ou Cyrielle de m'accompagner. Muriel, ce serait un peu délicat puisqu'elle est impliquée en tant que témoin.

— Tout comme toi, précise-t-il avec un faux sourire sur les lèvres.

Je ne m'abaisse même pas à répondre, ce qui lui donne le temps de poursuivre :

— Promets-moi de ne rien boire et de ne rien manger si, par hasard, l'un ou l'autre des clients d'hier soir te propose un café ou un thé ou je ne sais quoi d'autre...

Le conseil me paraît judicieux, alors je veux bien le suivre.

— Marché conclu.

— Et si jamais tu as le moindre doute sur quoi que ce soit, tu appelles Victor.

Il sort une carte de visite de sa poche poitrine et la glisse dans celle de mon jean.

— Sans faute, insiste-t-il.

— Je ne suis pas stupide, contrairement à ce que tu imagines.

— Oh, je n'ai jamais dit que tu étais stupide. Tu es l'une des femmes les plus intelligentes que j'ai connue de ma vie. En revanche, tu es aussi la plus tête brûlée de toutes et je n'ai jamais rencontré une pareille mule !

— C'est parce que tu n'as pas croisé grand monde.

Il paraît sidéré, mais je ne lui laisse pas le temps de répliquer. Je tourne les talons et m'éloigne à grands pas. J'ai des gens à interroger.

Puisque James Bond insiste pour que je sois accompagnée, je suis allée chercher ma blondinette préférée. Cyrielle ne semblait pas tout à fait enthousiaste à l'idée de mener une enquête à mes côtés, mais peu importe. Si je devais me préoccuper de l'avis des autres, je ne ferais rien de ma vie. Avec Cyrielle, j'ai décidé de rendre visite à Anne et René, les voisins du salon de thé.

— Et si c'était eux, les empoisonneurs ?

Je glisse un regard peiné à la benjamine de notre troupe de théâtre. Cyrielle est adorable, mais c'est une pétocharde.

— En toute honnêteté, je crois qu'avec Muriel et Geneviève, ce sont les seuls que je ne veux pas suspecter. Je sais que je devrais être objective, que je ne dois pas suivre mon instinct mais les preuves. Toutefois, si ce couple de Papi et Mamie ne connaît personne parmi les clients, je ne vois pas en quoi empoisonner quelqu'un pourrait leur apporter quoi que ce soit.

— Donc, si je comprends bien ton raisonnement, nous allons interroger ces personnes âgées pour savoir s'ils connaissent quelqu'un ?

— C'est ça.

Cyrielle a une moue contrariée. J'ignore pourquoi mais je n'ai pas le temps de me préoccuper davantage de la mauvaise humeur de mon binôme car, au moment où nous arrivons auprès de l'immeuble d'Anne et de René, le couple franchit la porte. D'évidence, la conversation est animée...

Je fais signe à Cyrielle de se montrer discrète et nous nous mettons à suivre le couple, qui se dispute au vu et au su de tout le monde, pour tenter d'entendre ce qu'ils se braillent mutuellement. Vu la façon dont ils s'époumonent, soit ils sont sourds, soit ils sont hors d'eux.

— Je t'avais dit que c'était stupide d'aller chez Alice hier soir ! Une soirée pour célibataires ! Ça fait cinquante-deux ans que nous sommes mariés !

Anne n'apprécie pas le cadeau de Saint-Valentin de René... Je peux la comprendre... Même s'il peut difficilement être tenu pour responsable du déroulement de la soirée...

— Est-ce que c'est de ma faute, si un taré s'est amusé à assassiner la moitié de la salle ! s'indigne son mari.

— Bien sûr que non, mais avec tous les dégénérés

qu'il y a maintenant, il vaut mieux rester chez soi !

Du coin de l'œil, je vois Cyrielle opiner du chef avec conviction. Après tout, elle a échappé de peu au carnage. Si Madame Alice n'avait pas annulé sa réservation avec son copain au dernier moment, elle ferait peut-être partie des victimes. C'est à vous glacer le sang...

— Quatre morts, tu te rends compte ? Quatre morts, répète Anne d'une voix un peu plus faible. On a eu tellement de chance !

Soit elle se calme, soir elle parle fort pour elle-même.

— Et cette pauvre Alice ! reprend-elle à haute voix. Tu te rends compte ! Elle qui fait de si bons gâteaux... Son commerce est ruiné. Elle n'a plus qu'à mettre la clé sous la porte. Plus personne ne viendra manger chez elle.

René marque un peu le pas, se tenant les mains dans le dos.

— C'est sûr, reconnaît-il. C'est le dernier coup dur pour Alice. Après son divorce, sa quasi-ruine, maintenant on vient assassiner chez elle... Il y a des gens qui n'ont pas de chance !

Comment ça, sa quasi-ruine ? De quoi parle René ?

— Madame, Monsieur ! m'exclamé-je à la grande sidération de Cyrielle, qui me dévisage sans comprendre.

En quelques enjambées, je rattrape le couple que je salue aussitôt.

— Bonjour, je venais prendre de vos nouvelles.

Ils m'observent un instant et me replacent dans le salon de thé de Madame Alice.

— Oh, Chloé, c'est ça ? se rappelle René. Vous allez bien ?

J'ai une légère grimace que je ne joue même pas.

Anne pose aussitôt sa main sur mon épaule et me dit :

— C'était très impressionnant ce que vous avez fait pour sauver Julie. Comment vouliez-vous savoir qu'elle avait été empoisonnée... Moi aussi, j'ai cru qu'elle avait avalé de travers... Cette pauvre Julie...

Le couple opine du chef, comme pour confirmer ce qu'Anne vient de dire. Étrange, ils me donnent l'impression d'avoir connu Julie...

— Vous avez des nouvelles d'Alice ? me demande René.

— Non, je suis passée au salon mais tout était fermé. Je suppose que les enquêteurs n'ont pas encore terminé...

— Ça, y en a pour un certain temps, grimace René. Pas sûr d'ailleurs que le salon puisse rouvrir. Si j'étais vous, je chercherais un poste ailleurs....

Merdouille, je n'avais même pas envisagé cette possibilité... Tu parles d'un super cerveau... Mon travail à temps partiel vient de m'exploser à la truffe et c'est un client qui me l'explique !

— Vous pensez que c'est fichu ? m'informé-je le plus innocemment du monde.

— Vous savez, Alice se remettait à peine de son divorce et des dettes que lui avait laissées son époux. Ils étaient mariés sous la communauté et, juste avant de divorcer, il a fait tout un tas de crédits, a tout dépensé et s'est aussitôt mis en insolvabilité. Du coup, c'est Alice qui a dû tout payer à sa place. Il y a des hommes qui ne méritent pas leur place sur Terre.

— Cette pauvre Alice, continue Anne, elle sortait à peine la tête de l'eau et voilà comment elle est récompensée. C'est une catastrophe...

J'ignorais tous ces détails sur la vie de ma patronne. Après tout, elle avait peut-être des raisons objectives de d'être un peu revêche.

— Vous connaissiez les gens présents hier ? m'enquiers-je sans aucune transition.

Les transitions se perdent avec la communication à haut débit, que nous connaissons sur les réseaux sociaux.

— À part notre fille et ses copines, non, répond René, nous avons juste fait connaissance rapidement avec nos voisins de table, mais on ne peut pas dire que nous les connaissions.

— Je crois que j'ai croisé Mario à la librairie, précise Anne. Je pense qu'il y travaille à temps partiel. Il est étudiant, d'après ce que j'ai compris.

— À son âge ? s'étonne René.

— Oui, c'est une reconversion, confirme Anne. On a bien le droit de changer d'avis...

— Veuillez m'excuser, mais qui est votre fille ?

— Oh, c'est Sophie... me répond Anne. Mon Dieu, cette pauvre Julie...

Information intéressante... J'ai d'autant plus envie d'éliminer Anne et René de la liste des suspects. Comment soupçonner des parents de jouer les empoisonneurs dans une soirée à laquelle assistent leur fille et ses copines ?

Nous discutons encore un peu avec le couple, mais force est de constater qu'ils n'ont rien à nous dire de plus. J'ai beau faire, je n'arrive pas à imaginer ces gens en train d'assassiner leurs contemporains...

Direction la librairie du coin...

Accompagnée par mon fidèle Watson, j'ai nommé Cyrielle, je me rends aussitôt à la librairie du quartier où je devrais pouvoir *a minima* trouver des renseignements sur Mario. Même si le jeune homme a semblé être l'un des plus perturbés par les événements tragiques de la soirée - il s'est trouvé mal après avoir assisté à la mort de tous ces pauvres gens -, je ne peux pas l'éliminer de la liste des suspects si facilement. D'autant que je veux savoir quel lien l'unit à Aloïs... Si je veux bien accorder le bénéfice du doute à notre couple de voisins, Anne et René, il n'en va pas de même pour l'ensemble des autres convives.

À côté de moi, Cyrielle se tient étrangement coite. D'habitude, c'est un véritable moulin à paroles qui comble à elle seule les silences que nous pouvons avoir dans la troupe.

— Un souci, Cyrielle ?

La blondinette me transperce de ses yeux bleus.

— Je ne suis pas certaine que ce que nous faisons aide en quoi que ce soit la police. La seule chose que nous risquons de faire, c'est d'éveiller les soupçons du tueur.

Elle n'a pas tout à fait tort. Certes, l'envie de résoudre cette histoire m'a saisie avec une force et une violence, que j'ai peu souvent connues dans ma vie, mais je reste assez objective pour entendre le point de vue de Cyrielle. Sous ses aspects de jeune femme évaporée et gentillette, elle a l'esprit vif et analytique.

— Tu as raison, concédé-je. Qu'est-ce que tu proposes ?

Cyrielle reste pétrifiée au milieu de la rue. D'évidence, elle ne s'attendait pas à ce que je lui donne raison. J'ai l'impression d'être un dragon fumasse hors de contrôle... Charmant...

— Tu m'écouterais ? enfonce-t-elle le clou.

— Et pourquoi pas ? confirmé-je pour qu'il n'y ait aucun doute.

— Je ne sais pas. D'habitude, tu n'en fais qu'à ta tête.

— Je peux aussi entendre d'autres points de vue. Je n'en fais qu'à ma tête que dans la limite où les autres se trompent. En revanche, je suis prête à entendre ton point de vue.

La blondinette opine du chef de son air le plus sérieux.

— Très bien, imaginons que le tueur fasse partie des convives...

— C'est très probable.

— Sans doute, confirme-t-elle. Si nous arrivons avec nos gros sabots sous le prétexte un peu ridicule de lui présenter nos condoléances, alors que nous ne le connaissons ni d'Ève ni d'Adam, il va penser que nous faisons une enquête de notre côté. Je suppose qu'un tueur qui tente de cacher son crime est des plus suspicieux. En revanche, si tu te présentes à la librairie et que tu fais semblant de tomber sur Mario par hasard, cela pourrait être un peu plus plausible. Par exemple, tu pourrais rechercher une comédie pour te changer les idées. Pour ma part, je resterais en retrait et je ne ferais qu'observer votre dialogue. De toute façon, je n'ai aucune question à poser. Je serais sans doute plus utile à scruter le langage corporel des gens que tu interroges.

Je réfléchis un instant à cette proposition et convaincs avec elle que c'est une solution plus appropriée.

— D'accord.

Cyrielle roule des grands yeux, stupéfaite que son argumentation soit approuvée. Décidément, j'ai une réputation que je ne mérite pas. Je suis capable d'écouter le point de vue d'autrui quand il est justifié !

Afin de ne pas attirer la suspicion de Mario, s'il est le tueur, ce que nous ignorons, nous nous séparons aussitôt et je prends un peu d'avance pour rejoindre la librairie en premier.

Quand j'entre dans le commerce, je réalise, à ma grande honte, que cela fait quelque temps que je n'y ai pas mis les pieds. L'établissement a un peu changé, les étagères ont été repeintes en blanc et une épaisse moquette grise a été installée sur le sol. Cela étouffe les pas des clients comme dans une bibliothèque. Toutefois, je n'ai pas le temps d'observer les rayonnages. Je suis à la recherche de notre témoin n°3, Mario de la « table des garçons », celui qui s'est trouvé mal, qui assistait à un repas de la Saint-Valentin avec l'une des victimes, Jonathan, qui semblait lui plaire, tout en aimant de façon systématique les publications d'Aloïs, une autre victime... On peut dire que ce garçon a une poisse carabinée en amour !

Un coup d'œil circulaire à travers la salle me suffit à

constater que, pour le moment, il est absent. Je peux le comprendre. Même s'il devait travailler aujourd'hui, ce qui n'est pas certain, il a pu annuler sa venue avec un certificat médical. S'il est innocent, le choc de la soirée d'hier peut avoir suffi à le rendre malade.

J'en suis là de mes réflexions, quand, du coin de l'œil, je vois Cyrielle entrer. Elle se dirige aussitôt, comme par réflexe, vers le coin du théâtre. Pour ma part, mes pas m'ont menée vers le coin « polar ». Honte à moi ! J'ai troqué mon vêtement d'actrice pour celui de Miss Marple et tout mon être vibre « polar » désormais.

Comment ça, « il n'y a pas de honte à lire du polar ! » ? Bien sûr, qu'il n'y a pas de honte, vous en tenez un entre les mains ! C'est juste que je suis actrice !!! Pas détective... Heu... Zut, pour un peu et je me transforme en James Bond ! Rectification : j'ai eu bien raison de m'intéresser au rayon polar ! Non mais !

— Puis-je vous aider, Madame ? me surprend une petite voix aiguë.

Je me retourne et rencontre le regard marron d'une jeune femme toute fluette, qui pourrait ressembler à une souris, les moustaches en moins...

— Oui, en fait, j'avais espéré rencontrer le jeune homme qui travaille ici, un grand brun avec les yeux marrons, qui m'a parlé d'un livre, mais je n'arrive pas à me souvenir du titre ou de l'auteur...

— Ah, vous devez parler de Mario. Malheureusement, il n'est pas là aujourd'hui. Il devait venir comme tous les week-ends, mais il a eu un léger accident hier soir et il ne se sentait pas bien.

— Rien de grave, j'espère.

— Non, d'après lui, c'est juste un souci de cheville.

D'accord, Mario n'a donc pas annoncé sur tous les

toits qu'il faisait partie des clients malchanceux de l'établissement de Madame Alice. Je ne peux en tirer aucune conclusion, la discrétion sur son implication dans cette soirée mortelle pouvant simplement démontrer une volonté de ne pas attirer l'attention sur lui. Après tout, quand on annonce avoir été le témoin direct d'un tel événement, la curiosité des autres est souvent très envahissante.

— Ah, c'est dommage, commenté-je. Savez-vous quand il reviendra ?

— Normalement, il travaille tous les mercredis après-midi, les samedis toute la journée et le dimanche matin. Il est étudiant à la fac de sciences vous savez.

Non... Je savais qu'il était étudiant, mais pas en faculté de sciences.

— Ah, non, je l'ignorais. Il étudie quoi ?

— Pharmacie, dit-elle avec le regard brillant. Il avait déjà une licence en biologie, mais il a voulu se réorienter et a fait valoir ses acquis professionnels pour valider une partie des cours. C'est ce qui lui permet de travailler un petit peu pour payer ses études.

Pharmacie... Intéressant. S'il y a bien un domaine scientifique rattaché aux poisons, c'est la pharmacie... En outre, quel genre d'acquis professionnel a-t-il réussi à faire valoir ?

— Vous savez en quelle année de pharmacie il est ? m'informé-je.

— Non, vous m'en demandez trop. Mario n'est pas du genre expansif. C'est un bon vendeur, il parle beaucoup avec les clients mais, pour ses collègues, c'est autre chose. Il est très taiseux.

Il est taiseux en général ou taiseux avec la souris-libraire ? Après tout, il est plus intéressé par les garçons, à ce que je sais... Ou pas... C'était aussi un grand fan d'Aloïs...

— Merci beaucoup, je reviendrai donc mercredi prochain, annoncé-je. En espérant qu'il sera présent.

— D'accord. Si vous avez besoin d'aide, je suis là.

— Merci beaucoup.

Je me retourne pour faire signe à Cyrielle que nous allons partir, quand je m'aperçois que la blondinette s'est nonchalamment rapprochée de nous et feuillette un polar juste à côté. Elle a dû entendre toute notre conversation.

Je sors donc de la librairie et m'arrête un peu plus loin dans la rue pour attendre mon binôme.

Quelques minutes plus tard, elle arrive le plus naturellement du monde. C'est une bonne actrice.

— Pharmacie ? dit-elle aussitôt.

— Oui, nous tenons un bon candidat.

— Admettons, répond avec prudence Cyrielle. Si tel est le cas, qui voulait-il tuer ?

— Ça, quand nous le saurons, nous aurons résolu l'affaire... Néanmoins, outre Jonathan, son cavalier d'un soir, Mario semblait apprécier Aloïs, l'une des deux victimes de la « table de Roméo »...

Cyrielle m'observe avec de grands yeux éberlués.

— Mais c'est un véritable chat noir !

Je souris à cette remarque. Comme toute vraie actrice de théâtre, la blondinette est superstitieuse.

— Pauvre chat, remarqué-je.

Cyrielle grimace, puis change de sujet :

— Allons interroger les filles.

— Je veux bien, mais comment veux-tu les

retrouver ?

Cyrielle m'observe d'un œil dédaigneux, comme une gamine vive d'esprit regarderait un adulte dépassé par les événements... Étrange sensation...

— Si tu suivais leurs réseaux sociaux, tu saurais qu'elles font une veillée funèbre cette après-midi dans le bar en face de chez Madame Alice...

Allons bon, mon Watson s'est transformé en Sherlock...

En passant devant l'établissement de Madame Alice, j'ai jeté un coup d'œil à l'intérieur, mais n'ai pas vu davantage d'activité que ce matin. La seule différence notable est que les badauds à la curiosité maladive ont passé leur chemin. L'établissement étant désormais vide, il n'a plus guère d'intérêt à leurs yeux.

Nous n'avons même pas le temps de passer le seuil de la porte du bar, où la veillée funèbre en l'honneur de Julie a lieu, que nous entendons les hauts cris des voix stridentes des filles. Soit elles sont déjà ivres mortes, soit elles sont hystériques.

À peine entrée, Cyrielle s'installe au bar et commande un café. Pour ma part, je prends un verre de Perrier-citron et me dirige tout droit vers la table où les trois filles sont installées. Elles ont les yeux tellement bouffis qu'on dirait des lapins atteints de myxomatose au stade terminal.

— Bonjour Mesdemoiselles, m'annoncé-je. Désolée de vous interrompre dans votre veillée funèbre, mais je voulais vous présenter mes plus sincères condoléances pour le deuil qui vous accable.

Elles relèvent le nez, m'observent un long moment,

puis la lumière fut :

— Oh, vous êtes la serveuse de chez « Madame Alice » ! Installez-vous, s'écrie Sophie, celle dont j'ai parcouru la page Instagram.

Elle est plus grande que dans mon souvenir, brune, un carré aux épaules et de grands yeux noirs expressifs.

À côté d'elle, son amie d'origine indienne, Suri, je suppose, me dévisage avec une attention peinée. Elle est jolie cette jeune femme avec ses longs cheveux retenus dans une épaisse tresse.

— Nous n'avons même pas eu le temps de vous remercier pour ce que vous avez fait pour Julie, dit-elle soudain. Vous êtes la seule à avoir réagi. Je m'en veux tellement de ne pas avoir essayé de la sauver...

— Ne vous en voulez pas, la rassuré-je. Personne ne pouvait la sauver. L'empoisonnement était massif et il n'y avait rien à faire.

Un silence tombe autour de la table.

— C'est vrai ce qu'ils disent, Madame ? me demande la troisième, Émilie, une jolie blonde à la silhouette élancée.

— Qui dit quoi ? m'informé-je.

— Dans les médias, ils ont dit que c'était un meurtre et qu'ils avaient tous étés empoisonnés avec du cyanure.

Elle est bouleversée par le seul fait d'énoncer à haute voix une telle horreur...

— Malheureusement, je crois que c'est le cas. Mon amie Muriel, qui était à la table de deux avec la dame qui a été empoisonnée, a pris des nouvelles de son amie Geneviève et il s'est avéré qu'elle avait été empoisonnée au cyanure. Je suppose que tous les autres l'ont été aussi... Bien sûr, il faut attendre la confirmation par les autopsies, mais je crois que c'est plausible.

Au mot « autopsies », toute la table frissonne. J'aurais pu être un peu plus délicate. Après tout, elles ont perdu une amie... Du moins en théorie... Oui, comme dit James Bond, tout le monde est suspect !

— Est-ce que vous pouvez me parler un peu de Julie, continué-je. Je me pose beaucoup de questions depuis hier et, même si je n'ai pas réussi à faire quoi que ce soit pour la soulager, j'aimerais la connaître un peu plus.

Les filles échangent des regards et décident que Sophie va répondre à ma question. Dans tous les groupes, il y a toujours un dominant... D'ailleurs, c'est sur sa page Instagram que j'ai vu la photographie avec le commentaire « Le gang des I est de retour »...

— Julie était super gentille. Elle était en train de finir ses études d'infirmière et elle adorait son boulot. Il lui tardait de pouvoir exercer sa profession. C'est tellement hallucinant qu'elle ne soit plus là avec nous...

J'opine du chef, consciente que je ne dois pas les brusquer pour obtenir des renseignements. Les filles semblent très affectées et, s'il s'avérait qu'elles sont innocentes, je ne voudrais pas les heurter par des questions malvenues.

— Elle avait un petit copain ? dis-je en me souvenant d'une photo de Julie avec un garçon sur fond de coucher de soleil...

J'ignore où cette photographie a été prise, mais le lieu était paradisiaque... Alors qu'Émilie était sur le point de parler, Sophie lui coupe la parole...

— Non, c'était son grand drame, dit-elle avec une grimace. Avec les filles, on avait décidé de faire cette soirée pour lui changer les idées. Moi, je suis une célibataire endurcie, Suri et Émilie sortent avec des gars de temps en temps, mais Julie c'était la romantique du groupe. Elle croyait au grand amour, à la grande passion qui emporte tout sur son passage et, à chaque fois que la Saint-Valentin arrivait, elle se désespérait d'être célibataire. C'était plus pour elle que pour nous que nous faisions ces soirées entre filles. Ça lui remontait le moral. Si on avait su...

Une infirmière romantique... Pauvre gosse...

— La police vous a interrogées, vous aussi ? m'enquiers-je l'air de rien.

— Oui, confirme Émilie, plus rapide que Sophie cette fois-ci, mais, franchement, on n'a pas pu leur dire grand-chose. On n'a rien vu. Si on s'était douté que les gâteaux avaient été empoisonnés, vous pensez bien qu'on ne les aurait pas mangés.

Émilie s'est octroyé la parole, ce qui déplaît à Sophie et sidère Suri... Il y a une dynamique intéressante dans ce groupe... Sophie semble être la *leader*, Suri la suiveuse et Émilie la rebelle... Je me demande quelle place tenait Julie...

— C'est sûr... reprends-je. Je m'en veux terriblement. J'étais de service hier soir et je n'ai rien vu. D'accord, il y a plein de gens qui sont allés aux toilettes et qui sont passés près des gâteaux toute la soirée, mais comment savoir si l'un d'entre eux s'est arrêté pour empoisonner les desserts dans le réfrigérateur...

Mouvement de stupéfaction partagé par toute la tablée.

— Vous croyez que les gâteaux ont été empoisonnés hier soir ? s'exclame Suri.

Elle est pétrifiée d'horreur.

Fournissons quelques explications...

— J'ai fait ces gâteaux la veille, annoncé-je. Ils ont été mis dans la chambre froide qui se trouve dans le laboratoire pour la nuit. Je les ai sortis en début d'après-midi pour qu'ils soient dégivrés au moment du service. Je les ai donc installés en début d'après-midi, quand la salle était vide. Le seul moment où des gens ont transité près du frigo, sans que cela n'attire l'attention de ma patronne ou la mienne, c'était pendant la soirée.

Émilie pousse un petit cri stupéfait.

— Ça veut dire que le tueur était parmi nous ? conclut-elle fort à propos.

Très étonnamment, Sophie lève les yeux au ciel, comme si une telle affirmation était un monceau de stupidités...

— Sans doute... Sinon, je ne vois pas comment les gâteaux auraient pu être empoisonnés. Je peux vous assurer que c'est moi qui les ai faits et que, lorsque je suis venue hier en début d'après-midi les sortir de la chambre froide, rien n'avait été touché. Ils ont été empoisonnés à partir du moment où ils étaient dans le réfrigérateur, en vitrine. Le seul moment où des inconnus ont pu s'approcher des gâteaux, c'était pendant la soirée.

Un grand silence stupéfait s'impose, même du côté de Sophie, c'est dire... Les filles sont en train de réfléchir à pleine vitesse.

— T'as remarqué quelque chose ? demande Émilie à Sophie.

Oui, je vous le confirme, Sophie est la dominante du groupe, celle vers laquelle les autres se tournent quand il y a la moindre difficulté.

— Non, il faut dire que je tournais le dos au réfrigérateur, j'étais positionnée en face de la porte d'entrée. Et toi, Suri, t'as vu quelque chose ?

Suri prend le temps de la réflexion. Elle comprend

qu'ayant été installée en perpendiculaire par rapport à la porte d'entrée et au passage menant à la partie professionnelle et aux toilettes, elle était la mieux placée avec Julie, qui lui faisait face, pour observer les va-et-vient durant la soirée.

— Il va falloir que je réfléchisse un peu, annonce-t-elle. C'est sûr que beaucoup de gens se sont levés hier soir. Je me suis même fait la réflexion qu'ils avaient bu trop de café dans l'après-midi... Voyons, j'ai vu passer les trois filles de la table avec le garçon, lui je n'ai pas le souvenir qu'il se soit levé... Ah, si... Attendez, je ne sais plus...

Les filles ricanent un peu.

— Il était mignon, n'est-ce pas ? s'amuse Émilie.

— Ah ça, il était mignon, confirme Suri, mais je crois qu'il avait un *crush* pour la jolie blonde aux yeux marron. La pauvre...

Donc c'est bien ce qu'il me semblait, Thomas en pinçait pour Aloïs... Oui, j'utilise une expression de mon temps. Veuillez excuser le dinosaure en moi, mais je n'use pas du terme « *crush* » de la nouvelle génération, comme expliqué auparavant... Notez que je comprends l'expression, ce qui fait de moi un dinosaure sortable...

— Pour les autres tables, c'est difficile à dire, continue Suri. Les tables de deux, je les avais dans le dos, donc je n'ai pas fait attention à qui se levait et qui ne se levait pas. Pour la table avec les gens plus âgés, je crois qu'ils sont à peu près tous allés aux toilettes... Ce n'est pas très utile comme raisonnement.

Au contraire, je trouve ça très intéressant...

— Vous êtes sûre que tous les gens de la « table des déprimés de la vie » se sont levés...

— La « table des déprimés de la vie » ! répète Suri en

riant.

— C'est sûr que ça leur va bien ! s'amuse Émilie.

— Les filles, vous exagérez, c'est une veillée funèbre pour Julie ! s'exclame Sophie.

Tiens, retour de l'autorité et de l'ordre... Même si je comprends le point de vue de Sophie, rire un peu, quand on vient de perdre un proche, ne peut pas faire de mal...

— Et tu crois que Julie aurait voulu que nous soyons déprimées ? s'insurge Émilie. La Julie que nous connaissions aimait que les gens s'amusent. Elle aurait bien ri au surnom de la « table des déprimés de la vie ». C'est lui rendre hommage que de rire.

Émilie n'apprécie pas l'autorité de Sophie... En revanche, Suri lui obéit le petit doigt sur la couture du pantalon... Pour les plus jeunes, c'est une expression de vieux signifiant que l'on obéît à l'autorité... C'est lié à la position du garde-à-vous où les auriculaires touchent la couture du pantalon... Oui, j'explique les expressions de jeunes aux vieux et vice-versa... Pas de jaloux !

Suri reprend un air sérieux et replonge dans ses souvenirs.

— Je suis sûre que les deux hommes se sont levés, parce que je me suis dit qu'à leur âge, c'était peut-être la prostate qui commençait. Mon père a des problèmes de prostate et il n'arrive pas à tenir en place, il est tout le temps aux toilettes. Les deux femmes, je suis presque sûre qu'elles y sont allées aussi. Peut-être pas pour aller aux toilettes mais, au moins, pour se remaquiller. Il y en avait au moins une des deux qui avaient très envie que le monsieur très strict la remarque. C'est marrant... Je n'aurais jamais imaginé que j'avais tellement observé les gens dans la salle...

Oui, c'est bien pour cela qu'il ne faut jamais laisser

les témoins perdre leurs souvenirs avec le temps. Sur le vif, le cerveau enregistre tout un tas de détails qu'il oublie quand on ne les utilise pas.

— Et vous, Madame, vous n'avez rien vu ? m'interroge Sophie.

— Comme vous, dis-je en secouant la tête de droite à gauche. J'ai vu tout le monde défiler aux toilettes, mais je n'ai vu personne s'arrêter devant les réfrigérateurs. Ça aurait attiré mon attention.

Les filles acquiescent d'un mouvement entendu. Inutile de continuer la conversation, pour le moment, elles n'auront rien de plus à me dire. En revanche, je note dans un coin quelconque de mon cerveau que je dois m'intéresser de plus près à leurs pages personnelles sur les réseaux sociaux... Qui sait ? Je comprendrai peut-être mieux les dynamiques sous-jacentes de ce groupe.

Comme je suis quelqu'un de consciencieux, je vous fais la mise à jour du plan de la salle...

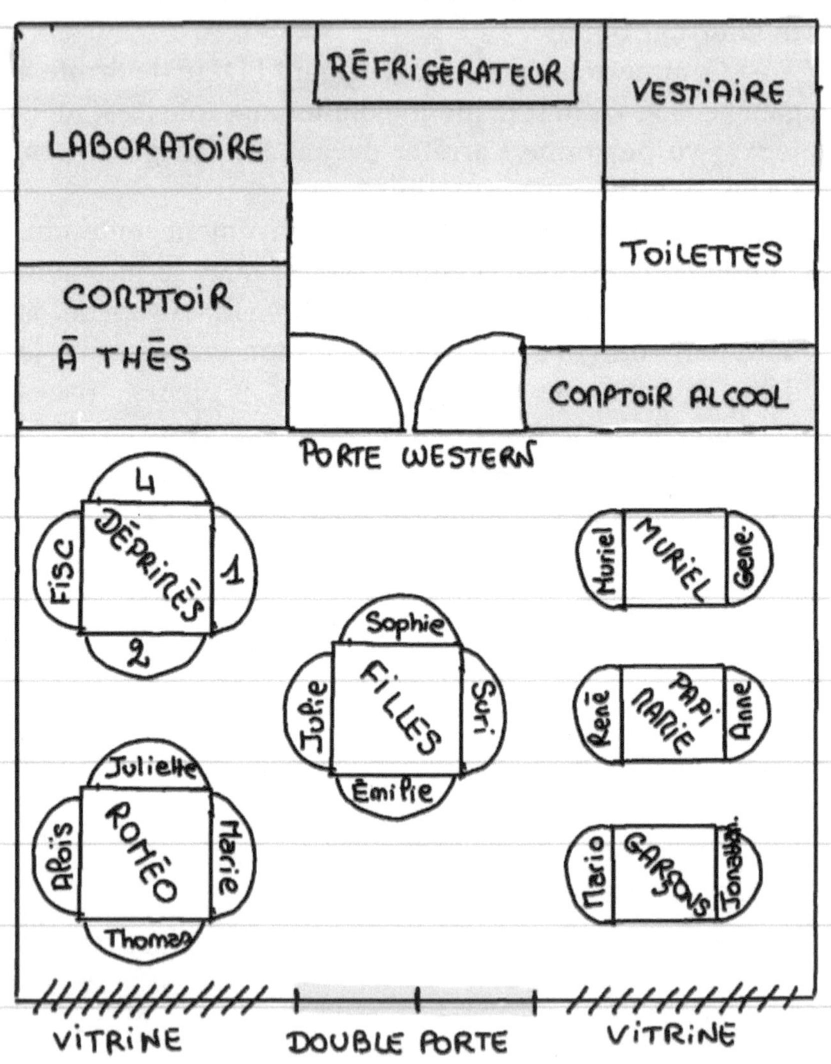

L e soir même, c'est réunion de crise chez Muriel, avec les « Shakespeare en pire ». Afin de ne pas m'attirer les foudres de James Bond, j'ai proposé à Marc de se joindre à nous, ce qu'il a accepté. À ma grande surprise, il est arrivé en compagnie de son associé, Paul Villard, un homme petit, trapu et sympathique. Paul est le cofondateur avec mon compagnon de l'agence de détectives privés « Norton & Villard ». Même si les deux associés n'ont pas du tout la même apparence physique, ce serait une erreur de sous-estimer Paul, dont l'esprit vif et acéré est souvent d'un grand secours.

— Je suis assez d'accord avec toi, Miss Marple, me précise-t-il. Je ne vois pas ce couple de retraités assassiner leur prochain pour rien, surtout si leur fille assistait à la même soirée qu'eux. Les trois jeunes filles ne me semblent pas non plus de très bonnes suspectes, mais je réserve davantage mon opinion sur ce point. Un bon détective se doit de conserver un esprit ouvert même s'il y a des profils plus ou moins pertinents pour les criminels.

Ne vous étonnez pas, Paul a pris l'habitude de m'appeler « Miss Marple » depuis que James Bond m'avait décrite à lui comme une « Miss Marple en mini-jupe ». Si vous voulez plus de détails, vous pouvez reprendre mon enquête d'Halloween[9].

— Mais tu es certaine que le tueur faisait partie des convives ? s'étonne Luc.

— C'est obligé, expliqué-je. J'ai fait ces éclairs jeudi après-midi, je les ai mis en chambre froide jeudi soir dès qu'ils avaient refroidis, ils y sont restés jusqu'au vendredi en début d'après-midi et je peux te l'assurer parce que j'avais préparé les desserts à l'avance pour être un peu tranquille le jour J. Je n'avais qu'une crainte, c'est que ma patronne mette son nez dans la chambre froide, trouve mes éclairs, ne les trouve pas assez réussis à son goût et m'oblige à les refaire. Quand j'ai ouvert la chambre froide en début d'après-midi, les gâteaux n'avaient pas bougé. Ils étaient intacts et j'ai pu les décorer avec les fleurs en sucre, que j'avais préparées. Une fois la décoration faite, j'ai installé les assiettes dans le réfrigérateur-vitrine, bien parallèles les unes aux autres, pour que je puisse les saisir rapidement sans toucher les gâteaux. Les éclairs ont été empoisonnés pendant la soirée.

— Personne n'est venu en cours de journée ? s'intéresse Marc.

— Non, c'était calme... Merde... Le livreur... Il est venu à quelle heure cet hurluberlu ?

Je vois aussitôt Marc et Paul se redresser, comme des chiens de chasse à l'affût.

Mon esprit a un moment de flottement... Quand est-ce que *Dark Vador* a fait irruption dans le salon de thé ?

----

[9] Je vous le confirme, je fais mon autopromotion sans vergogne. Pour ceux qui n'auraient pas lu mon enquête d'Halloween, elle s'intitule : « Et si je jonglais avec votre tête pour Halloween ? », tout un programme...

— Attendez, il faut que je me souvienne, réfléchis-je à haute voix. C'était vendredi ou c'était jeudi... Non c'était vendredi... J'étais en train de faire ma pâte à sucre vendredi matin et ce bonhomme est venu. Non, ça ne peut pas être lui, je n'avais pas encore sorti les éclairs de la chambre froide. J'étais en train de faire quelques fleurs en sucre supplémentaires pour la décoration. Pourtant, il était collé devant le réfrigérateur et il l'observait avec attention.

— Tu as vu à quoi il ressemblait ? demande Marc.

— Non, et je me suis même fait la réflexion que c'était bizarre pour un livreur d'entrer comme un sauvage, de se précipiter dans la partie professionnelle, alors que Madame Alice était dans la salle en train d'arranger les tables. Il n'a même pas enlevé son casque et avait sa visière noire rabattue sur son visage. Je n'ai pas vu à quoi il ressemblait.

Marc et Paul échangent un regard entendu. D'évidence, que les éclairs n'aient pas été exposés dans le réfrigérateur à ce moment-là ne leur pose aucune difficulté.

— Quelle taille faisait ce livreur ? interroge Paul.

— Assez grand, pas tout à fait aussi grand que moi, mais quand même assez grand.

— Fille ou garçon ?

Je réfléchis et suis dans l'incapacité de répondre.

— Je ne sais pas. Un garçon fluet ou une fille costaud. Il avait une combinaison noire et ça modifie beaucoup la silhouette...

Marc hausse les sourcils en serrant ses lèvres l'une contre l'autre. Il n'aime pas ce qu'il entend.

— Et tu as regardé l'étiquette de livraison ?

— Pas vraiment, avoué-je. J'étais occupée avec ma pâte à sucre. Elle allait durcir si je ne la travaillais pas.

J'ai pris le paquet et il est parti comme un sauvage. J'ai à peine eu le temps de regarder s'il nous était vraiment adressé, qu'il avait déjà filé. J'ai posé le colis sur le comptoir et j'ai prévenu Madame Alice.

— Elle a vu le livreur elle aussi ? s'intéresse Paul.

— Oui, elle était dans la salle et, d'ailleurs, elle a fait une réflexion à son passage.

— Il faudra que nous posions des questions à Madame Alice, commente Marc. J'ignore si elle a pensé à parler de ce livreur à Victor.

— Tu crois qu'il était venu repérer les lieux ? demande soudain Paul à son associé.

— C'est possible.

Alors là, je ne l'avais pas vu venir… Je me concentre sur mon souvenir de ce livreur. J'étais dans mon laboratoire, en train de former mes fleurs en sucre et c'est le mouvement derrière la porte vitrée qui a attiré mon attention. En dehors de ma patronne et de moi, il ne devait y avoir personne dans le salon de thé. Madame Alice avait décidé de fermer l'établissement pour la journée pour installer les tables et la salle en toute tranquillité. Le chiffre d'affaires qu'elle allait réaliser sur les dix-huit couverts le soir même suffisait à compenser la perte de chiffre d'affaires de la journée… Qu'est devenu le colis ? Je l'ai posé sur le comptoir et je n'y ai plus pensé jusqu'à maintenant. Je réfléchis et je suis certaine de ne pas l'avoir revu de la journée… Seule Madame Alice pourra m'en dire davantage sur ce point…

— Dès demain, j'irai parler à Madame Alice, annoncé-je. Après tout, je n'ai pas pris de ses nouvelles aujourd'hui et elle doit être très affectée par les événements d'hier soir.

— Je viens avec toi, Biquette, annonce Serge d'un

ton qui n'autorise aucune discussion.

Biquette ? C'est rien... C'est le surnom que Serge m'a toujours donné depuis que nous nous sommes rencontrés au début de nos études universitaires. Comme j'avais l'habitude de foncer tête baissée sur tout ce qui bougeait ou ne bougeait pas, et que je n'ai pas changé avec le temps, le surnom est resté.

Marc et Serge échangent un regard de connivence qui me contrarie. Ces deux-là sont de mèche pour me casser les pieds. Alors que je ne leur demande rien, que je souhaite simplement qu'ils me fichent la paix, l'un de mes plus vieux amis et mon compagnon ont décidé de former une alliance dans mon dos pour me surveiller, ce qui est proprement de la haute trahison des deux côtés. Je n'ai pas besoin que l'on me surveille ! Je sais très bien prendre soin de moi toute seule, comme une grande !

— Marc a peut-être envie de passer son dimanche avec Chloé, s'exclame Cyrielle.

Merci ma blondinette ! Au moins, je peux compter sur la solidarité féminine.

— En fait, je profite du week-end de garde du père des enfants pour m'acquitter des tâches qui ne peuvent être faites que les week-ends, précise Marc.

— Ah, dans ce cas, c'est très bien que Serge se charge du *baby-sitting*.

Heuuu, Cyrielle... Au temps pour la solidarité féminine...

— Je n'ai pas besoin de *baby-sitting* ! m'indigné-je.

— Non, tu as raison, Biquette. C'est insulter les bébés que d'imaginer qu'ils sont aussi pénibles que toi à surveiller.

— Hé !!! Tu devrais être de mon côté.

— C'est bien parce que je suis de ton côté que je

sacrifie mon dimanche pour te surveiller. Cela évitera que tu avales une dose de cyanure ou que tu prennes un coup derrière le crâne ou que sais-je encore et, surtout, que tu joues à *Wonder Woman* d'une façon ou d'une autre.

Gnagnagna...

— Donc, demain, reprend Paul pour tenter de temporiser la situation, vous allez interroger Madame Alice. Qui d'autre ?

J'octroie un regard noir à Serge, puis à Paul qui me prive d'une légitime révolte par son professionnalisme.

— On pourrait faire un saut à la librairie le matin, pour voir si Mario est revenu de son congé-maladie... proposé-je.

Serge opine du chef, mais ne commente pas.

— Puis, nous irons voir ma patronne, continué-je. Enfin, il faudrait que nous dégottions Juliette et Thomas.

Je sens que l'atmosphère se fige. Heureusement, Cyrielle s'empare aussitôt de son téléphone portable et se met à pianoter avec frénésie, avant de déclarer :

— Fait ! Demain, ils organisent une marche blanche à la mémoire de Marie, d'Aloïs et des autres victimes. Ils se rassembleront à 14 heures, Place de la République, et marcheront vers le restaurant de Madame Alice où ils déposeront des fleurs blanches.

Merci Watson ! Tu deviendras un grand Sherlock !

Il faut vraiment que je m'intéresse aux réseaux sociaux des protagonistes de cette histoire...

— Et bien, je crois que nous avons notre programme pour demain...

Divers grondements masculins me répondent mais, comme je suis d'un naturel optimiste, je considère que ce sont des grognements d'accord.

Dimanche 16 février - Temps moche. Journée moche. Gens moches... Je vous le confirme, je me suis levée du pied gauche...

Après être passés à la librairie une nouvelle fois pour constater que Mario n'était toujours pas revenu, Serge et moi nous sommes rendus chez ma patronne, Madame Alice, dont j'ai trouvé l'adresse personnelle sur le *post-it* qu'elle avait collé sur mon contrat de travail, avec la spécification « En cas d'urgence ». Si une série de meurtres dans son établissement n'est pas une urgence, je ne sais plus quoi mettre derrière ce mot.

Madame Alice vit dans une maison de ville un peu excentrée, bien entretenue au vu du jardinet qui donne sur la rue. Un mur blanc surplombé de grille sépare le petit univers propret de ma patronne du reste du monde.

Je sonne à la porte et me demande dans quel état je vais trouver Madame Alice. Depuis que j'ai appris toutes les vicissitudes que cette femme a eues à affronter, je me surprends à avoir de la sympathie pour elle. Certes, elle a tout de l'incroyable casse-pieds revêche, mais elle a des circonstances atténuantes.

La porte pivote sur elle-même et je manque tomber sur les fesses. C'est bien Madame Alice, mais ce n'est pas Madame Alice. La femme qui vient de sortir de chez elle est en jean avec un tee-shirt *rock 'n' roll* et ses cheveux d'habitude attachés dans un strict chignon sont portés longs sur ses épaules.

Mon Dieu, il faut que j'appelle un exorciste, un démon s'est emparé du corps de Madame Alice...

— Chloé ?

Sainte-Mère de Dieu, le démon connaît mon prénom !

— Mais qu'est-ce que vous faites ici ?

Petit Jésus ! Le démon utilise les mêmes intonations snobes que ma patronne.

— Bonjour Madame, intervient Serge. Veuillez nous excuser de vous déranger un dimanche matin, mais mon amie Chloé se demandait comment vous alliez.

Serge ! Ne parle pas au démon !

Soudain, la physionomie de Madame Alice se modifie et tout le poids des épreuves, qu'elle a affrontées dans sa vie, se reporte sur son corps. Elle perd son habituelle raideur, qui la fait toujours paraître plus grande qu'elle ne l'est en réalité, et elle ouvre la porte de son jardinet, avant de - Ô stupeur - me prendre dans ses bras pour une accolade chaleureuse.

— C'est gentil à vous, Chloé, il n'y a pas beaucoup de monde qui prenne de mes nouvelles... Bonjour Monsieur, je suis désolée de vous recevoir dans une telle tenue, mais je ne pensais pas recevoir de la visite. Entrez, entrez, je vous en prie.

Serge, qui a constaté que j'étais dans un état de stupéfaction proche de la pétrification, me fait avancer d'une main ferme dans le dos, la grille d'entrée se refermant sur nous.

Serge, je n'ai pas eu le temps d'appeler l'évêché, sois sympathique, occupe le démon, pendant que je vais chercher de l'eau bénite de toute urgence !

Peu intéressé par mes pensées intérieures, mon colosse des îles me pousse à l'intérieur de la maison et je me retrouve au cœur d'une bonbonnière saturée de sucre rose. Yeurkkk !!! C'est encore plus rose que ces satanés éclairs à la fraise !!! Je comprends mieux le goût de ma patronne pour les gâteaux roses, les glaçages roses et les petites fleurs en sucre rose. Son intérieur est pareil.

Ce détail me rassure. Aucun démon digne de ce nom n'accepterait de vivre dans un tel environnement...

En revanche, il faut que je réfléchisse à une autre possibilité... La sorcière !!! J'ai l'impression d'entrer dans la maisonnette de la sorcière d'Hansel et Gretel ! Vous savez, celle qui attire les enfants avec une maison de pain d'épices décorée avec du sucre ! Heureusement, la stature de Serge n'a rien de celle du petit Hansel et, pour ma part, cela fait bon temps que je n'ai plus rien de Gretel !

— Puis-je vous proposer une tasse de thé ? propose avec amabilité Madame Alice.

— Avec un grand plaisir, répond Serge qui a décidé de faire la conversation.

Allez, Chloé, ma fille, secoue-toi ! Tu en as vu d'autres, tu ne vas pas te laisser impressionner par la vision de ta patronne en fan de musique métal !

Quelques instants plus tard, Madame Alice revient, chargée d'un plateau sur lequel elle a joliment arrangé trois tasses en porcelaine anglaise, décorées de petites fleurs, ainsi qu'une théière dont s'échappent des arômes fleuris et sucrés. Petit ou gros bonus, en bonne pâtissière, ma patronne a ajouté un gâteau sur le plateau.

— Vous tombez bien, annonce-t-elle, vous allez pouvoir me dire ce que vous pensez de ce nouveau gâteau. Cela fait plusieurs fois que je change la recette, mais je ne suis toujours pas satisfaite.

— Je suis ravi de contribuer à cette expérimentation, commente Serge, arrachant un sourire sympathique à Madame Alice.

Il n'y a pas à dire, notre colosse des îles sait s'y prendre avec les femmes. Il a toujours été le chouchou de la gent féminine.

— Merci, Madame Alice. Comment allez-vous ?

Oui, j'ai recouvré l'usage de la parole. Félicitez-moi, je reviens de loin.

— En fait, je ne sais pas trop. Je crois que je suis toujours sous le choc d'avoir vu tous ces gens mourir chez moi. Je vais sans doute fermer le salon de thé. Je n'ai pas le courage de rouvrir après tous ces décès.

— Je suis désolée de vous le dire ainsi, mais il me semble que les murs vous appartiennent.

Ma patronne semble surprise avant d'opiner du chef.

— Je crois que personne ne voudra racheter vos locaux... murmuré-je.

Elle prend un air songeur et nous sert le thé. C'est l'un de mes préférés. Un thé blanc avec des fleurs de jasmin et des fruits rouges. Maintenant que je connais un peu mieux ma patronne, je pense qu'elle a remarqué que j'aimais ce thé et elle me le sert pour me faire plaisir... J'ai été un peu dure avec cette femme... Comment ça, j'ai été une véritable peau de vache ? Mais je ne vous permets pas ! Bref... Je m'engage ici et maintenant à faire preuve de plus de sympathie et de bienveillance envers cette femme. C'est mon jour de bonté, profitez-en !

— Vous avez sûrement raison, Chloé. Mais croyez-vous qu'une clientèle va revenir après un tel drame ?

— Si nous découvrons qui est le tueur, certainement !

Oui, je sais, c'est sorti comme ça, sans passer par le filtre du cerveau... Si ma bouche s'émancipe du filtre du cerveau, on n'est pas sorti ni du sable, ni de l'auberge, ni d'où que ce soit !

Serge me balance un coup de pied sous la table, qui ne passe pas inaperçu puisque, vu les dimensions du colosse, il manque projeter la table au passage. Heureusement, le thé ne se renverse pas.

— Que voulez-vous dire ? s'étonne Madame Alice, tout en coupant son gâteau et en nous en octroyant de généreuses parts.

Puisque j'ai franchi le Rubicon, autant y aller franchement.

— Je veux dire que j'ai quelques compétences d'enquêtrice. J'ai commencé à interroger les gens et je cherche à savoir qui a tué, mais je vais avoir besoin de vos souvenirs. Je n'ai pas pu tout observer. Toutefois, je suis certaine qu'à nous deux, nous pourrons reconstituer la soirée et définir qui a tué qui.

J'aurais annoncé que l'Armageddon, c'était pour maintenant, que ma patronne n'aurait pas été plus sidérée.

Dans un réflexe tout professionnel, elle pousse une assiette remplie de gâteau vers Serge, puis vers moi, puis s'en octroie une, je crois qu'elle en a besoin.

D'ailleurs, je ne le connais pas ce gâteau... Il y a une génoise en base, une crème à la vanille que je viens de goûter - Oh, misère !!! Mon régime !!! -, une deuxième couche de génoise, puis une espèce de confiture de citron à tomber par terre et une meringue italienne par-dessus... Oh, punaise !!! Une femme qui réussit à créer un tel gâteau ne peut pas être un démon. Annulez l'évêché, tout est sous contrôle.

Serge avale son gâteau en trois bouchées, à la grande satisfaction de Madame Alice, qui lui en sert une deuxième part. D'évidence, elle est satisfaite par son test.

Pour ma part, je fais disparaître la moitié de mon assiette et reprends mes explications. Je vous la fais courte : je lui explique ce que nous avons déduit, ce que nous avons appris et je lui montre le dessin que j'ai fait des deux rangs de gâteaux, tels que je les ai reconstitués. Elle observe avec une grande attention les éclairs qui ont été bougés et finit par hocher la tête avec lenteur.

— Oui, c'est exactement comme ça que nous avons distribué les gâteaux. Donc, il y avait aussi un gâteau empoisonné à la « table des pépères ».

La « table des pépères » ? Je suis drôlement plus sympathique que Madame Alice ! Pour ma part, je les ai appelés la « table des déprimés de la vie » !

— Oh, pardon, se reprend-t-elle, à la « table 6 », si je puis dire.

Serge éclate de rire et précise :

— Chloé les a surnommés la « table des déprimés de la vie ».

C'est au tour de Madame Alice d'éclater de rire.

— Je vois que nous avons toutes les deux l'habitude de surnommer les tables pour ne pas oublier les commandes. Pour hier soir, il y avait la « table des deux dames », Muriel et Geneviève, la « table des voisins », Anne et René, la « table des petits homos »,

Mario et Jonathan, la « table des chipies », la table centrale, la « table du harem »... Vous avez été plus sympathique que moi en les surnommant la « table de Roméo » et toutes ses Juliette... ainsi que la « table des pépères » que vous avez baptisée la « table des déprimés de la vie ». Nous nous retrouvons à peu près.

Je crois que je ne vais pas me remettre de cette visite à Madame Alice. J'ai l'impression de rencontrer la jumelle maléfique, qui s'avère plus sympathique que l'originale.

— Que voulez-vous savoir sur cette soirée, Chloé ? me demande ma patronne.

— Tout d'abord, je voudrais savoir si vous avez ouvert le paquet arrivé dans la matinée du vendredi, qu'un livreur sans-gêne nous a laissé.

Ma patronne réfléchit un instant, puis finit par acquiescer.

— Cette histoire est ridicule. J'ai reçu trois paquets de cigarettes... Vous connaissez mon abjection de la cigarette, Chloé ! Aucune cigarette dans mon établissement, qu'elle soit traditionnelle ou électronique.

J'acquiesce, pouvant confirmer avec force cette habitude stricte. Pas de cigarette chez Madame Alice !

— Alors, qu'est-ce que c'était que ces cigarettes ? s'étonne serge.

— C'est là tout le problème ! Je n'ai jamais commandé une telle stupidité. J'ignore qui m'a fait cette mauvaise plaisanterie, mais j'ai jeté le colis à la poubelle.

Aïe... Les éboueurs ont dû passer hier matin... Trop tard, une piste en moins... À moins que...

— Vous croyez que la police scientifique a pris les poubelles ? m'enquiers-je.

— Oh, c'est certain. D'ailleurs, j'ai signalé à l'inspectrice, qui m'a interrogée, le colis et les deux fioles bizarres que j'ai trouvées au milieu de la soirée...

Chloé, tu es une grosse buse !!! Heureusement, Madame Alice a plus de bon sens que toi !

— Vous avez eu des nouvelles de ces éléments ?

— Non, mais l'inspectrice semblait intéressée...

Tu m'étonnes !

Chloé, concentre-toi, tu as été nulle, nulle, nulle et archinulle !

— Je voudrais ensuite savoir comment s'est déroulé votre service ? reprends-je. Est-ce que c'est vous qui avez attribué les gâteaux aux différentes tables ou est-ce que les gens ont échangé des assiettes à un moment ou un autre ?

Madame Alice s'adosse à sa chaise, en pleine réflexion.

— Oui, je comprends. Pour la première table, Muriel et Geneviève, j'avais les trois assiettes en main. J'ai servi Muriel en premier avec le gâteau que j'avais attrapé de la main gauche, puis j'ai servi Geneviève et Anne. Elles n'ont pas touché à leurs assiettes toutes les trois et, à ma connaissance, ne les ont pas échangées mais je ne peux pas vous l'assurer, puisque je suis repartie aussitôt chercher trois nouveaux desserts. Ensuite, j'ai servi René, puis les garçons... Ah... Par contre, j'avais servi Mario en premier, mais il a aussitôt cédé son gâteau à Jonathan, sous prétexte que l'éclair était plus gros. J'ai trouvé ça mignon. Un truc d'amoureux, si vous voulez.

Mon regard trouve d'instinct celui de Serge, qui n'est pas plus persuadé que moi par le geste « mignon » de Mario. Dans l'état actuel de notre enquête, il pourrait s'agir soit d'un geste d'amoureux, soit d'un geste de meurtrier. Mario a pu reconnaître un gâteau empoisonné et l'octroyer à son voisin de table.

Madame Alice se réfère à mon dessin et constate que le tour suivant est le mien.

— Et vous, à la « table des filles », il y a eu des interversions d'assiette ou quelque chose d'étrange ?

— Non, j'ai servi Julie avec ma main gauche, puis j'ai servi les deux autres filles, mais elles n'ont pas réagi. Je me suis précipitée et j'ai pris les trois assiettes suivantes. J'en ai donné une à la quatrième fille, puis les deux autres aux « déprimés de la vie ». Ensuite, c'est votre tour...

— Oui, comme vous aviez commencé la « table des déprimés », j'ai servi Roméo et son harem. Bien sûr, j'ai commencé par les jeunes filles et j'avais donné la troisième assiette à la petite à lunettes, voulant servir d'abord les trois demoiselles, mais elle a aussitôt tendu son assiette au jeune homme, sous prétexte qu'elle pouvait tout à fait attendre.

Tiens, Juliette a donné son assiette...

— Et comment a-t-il réagi ?

— Il n'a pas réagi. Il était passionné par sa voisine, la jolie blonde.

— Donc, Juliette essayait de détourner son attention d'Aloïs...

Madame Alice réfléchit à cette supposition, mais a une grimace peu convaincue.

— Pas forcément. Je crois qu'elle est simplement mignonne et qu'elle avait envie de faire plaisir au jeune homme. Vous savez, elle fait partie de ces gens qui n'ont pas une très grande estime d'eux-mêmes et qui font toujours passer les autres avant eux. Il faut dire que, dans ce groupe, elle avait tout du vilain petit canard. Les trois étaient magnifiques et elle est juste ordinaire, c'est sûr que son ego a dû en prendre un coup.

Se pourrait-il que Madame Alice pose un œil bienveillant sur ses contemporains ? Prends-en de la graine, Chloé !

— D'accord, commenté-je. Enfin, j'ai servi les deux derniers « déprimés de la vie » et j'ai tendu son gâteau à Juliette mais, quand Julie s'est mise à suffoquer, j'ai renversé le gâteau sur ses genoux.

— Oui, ce n'était pas sa soirée... commente Madame Alice.

Nous nous observons tous les trois et je conclus :

— Donc il n'y a eu que deux changements de gâteau. Mario a donné le sien à Jonathan, Juliette a donné le sien à Thomas. Mario a échappé à la mort, Juliette n'a donné qu'un gâteau inoffensif à Thomas. Il faut que nous parlions à Mario...

— Tu vas un peu vite en besogne, Biquette. Nous ne savons toujours pas qui était visé.

— C'est vrai, admets-je, ce n'est pas parce que ces deux personnes ont tendu leurs assiettes à quelqu'un d'autre, qu'ils sont forcément les meurtriers. En outre, nous ne savons toujours pas comment le meurtrier a pu s'y prendre pour que sa cible soit empoisonnée.

— Êtes-vous au moins certaine que la cible du tueur ait été empoisonnée ? s'étonne Madame Alice.

— Non, admets-je. C'est une supposition. Toutefois, le tueur a empoisonné un tiers des gâteaux pour augmenter ses chances de réussite. Néanmoins, je ne m'explique pas comment il a anticipé la distribution des desserts...

— Je reste très réservée sur cette hypothèse, explique ma patronne. Même si nous admettons la possibilité que le tueur nous ait observées au début du service, rien ne lui permettait d'être certain que nous ne changerions pas l'ordre de la distribution. Après tout, nous aurions pu commencer à servir les tables de quatre au lieu des tables de deux.

— C'est certain, intervient Serge, mais c'est sans compter la force de l'habitude. Quand un mécanisme fonctionne, le cerveau est feignant et considère que c'est la meilleure stratégie à adopter. Que vous y pensiez ou pas, vous reproduisez toujours le même schéma, puisque ce schéma fonctionne et qu'il a déjà été testé à plusieurs reprises. Si vous avez toujours commencé par les tables de deux, le tueur pouvait gager qu'à quatre-vingt-dix pour cent, vous continueriez à servir les tables de deux en premier. Ensuite, si vous avez toujours pris les assiettes de droite à gauche sur les rangs du réfrigérateur, il pouvait aussi compter sur le fait que vous utiliseriez cet ordre-là pour récupérer les assiettes.

Je réfléchis à cette remarque et suis obligée de reconnaître son bien-fondé. À chaque fois que nous avons eu du monde dans la salle, nous avons servi d'abord les tables de deux, ensuite la table centrale, puis la table vers le comptoir à thés et, enfin, la table de quatre devant la vitrine. Cela a toujours été ainsi, aussi bien pour le réveillon de Noël que pour le réveillon du Premier de l'An...

Heu...

— Et si le tueur nous avait surveillées depuis bien plus longtemps... supposé-je.

— Que voulez-vous dire Chloé ? s'inquiète Madame Alice.

— Que ce soit pour le réveillon de Noël ou pour la Saint-Sylvestre, nous avons toujours procédé dans le même ordre. D'abord les tables de deux, du comptoir à la vitrine, puis la table centrale, puis la table vers le comptoir à thés, puis la table de quatre devant la vitrine. La table de quatre devant la vitrine a toujours été la dernière à être servie et c'est là qu'il y a eu deux victimes.

Serge se tourne vers moi avec une expression un peu horrifiée.

— Tu veux dire que le tueur vous aurait observées pendant le réveillon de Noël, puis le réveillon du Premier de l'An pour s'assurer que vous ne changiez pas de *modus operandi* dans la délivrance des plats. Ensuite, il se serait arrangé d'une façon ou d'une autre pour inviter sa cible à la prochaine soirée, que vous organisiez, et il a compté sur le mimétisme dans le service pour empoisonner les gâteaux.

C'est fou, incroyablement périlleux, mais je crois que c'est exactement ce qu'il s'est passé...

— Oui, c'est ce que je pense, confirmé-je. C'était risqué, il y aurait forcément des victimes collatérales, mais quand on est sans scrupule, cela ne pose aucun souci...

— Donc, si je suis bien votre raisonnement, reprend Madame Alice, il fallait que la victime principale soit installée à la table de quatre devant la vitrine...

— Oui, c'est une hypothèse...

— C'est terrifiant...

Je suis un peu surprise par ce commentaire et observe ma patronne. Elle a perdu le peu de couleurs qu'elle pouvait encore avoir sur le visage.

— Pourquoi dites-vous cela ? m'informé-je.

— Parce que lorsque nous installions les tables, j'avais décidé d'installer le harem au centre, avant que l'une des filles n'appelle et n'exige d'être placée à la table de quatre avec vue sur la rue. J'ai donc changé l'ordre des tables et j'ai installé le harem à la table devant la vitrine, la dernière table que nous servions à chaque fois que nous avons organisé un repas.

— Une fille... répété-je. Il n'en reste plus beaucoup de vivantes à cette table. Il faut que nous parlions à Juliette de toute urgence.

— Cela tombe bien, nous allons assister à la marche blanche... conclut Serge.

Si Juliette s'est arrangée pour assassiner ses deux rivales, je trouverai monstrueux qu'elle organise une marche blanche en leur mémoire... Si tel est le cas, le diable a bien des formes et, parfois, il se cache sous les traits d'une petite binoclarde.

Manuel de survie de Chloé[10]

💰 *Spécial job SUPER moisi* 💰

Règle n°1 rectifiée : La patronne ne méritait pas qu'un meurtrier prenne son salon de thé pour scène de carnage... Moralité : compassion et soutien à Madame Alice !

Règle 1 bis : La patronne est bien plus gentille que son image professionnelle ne le laisse supposer... Bouh ! Honte à toi, Chloé !

Règle n°2 (toujours valable, un miracle !) : Ne pas paniquer quand un tiers de la clientèle vous claque entre les doigts... Ne pas paniquer... Je n'étais pas prête... La patronne, non plus...

---

[10] Je vais finir par le réécrire de fond en comble...

Règle n°3 rectifiée : Insister pour goûter toutes les nouvelles créations pâtissières de Madame Alice ! Vous voyez jusqu'où je pousse le professionnalisme !!!

Chapitre 12

Tiens, j'ai vu le loup... Non, pas celui-là !

Le regroupement pour la marche blanche comprend plusieurs centaines de personnes. Il y a beaucoup d'étudiants, d'après ce que je vois, mais aussi des personnes plus âgées. À ma grande surprise, Madame Alice a décidé de nous accompagner. D'après elle, plus nous serons nombreux à observer les réactions des témoins, plus nous serons capables de déduire la vérité des différents comportements. Fidèle à elle-même, elle a revêtu un tailleur très chic pour l'occasion. Le changement d'allure n'est pas passé inaperçu aux yeux de mon colosse des îles, que je connais comme ma poche, et qui est un insatiable amateur de femmes... Bref, je me préoccuperai des coups de cœur de Serge quand j'en aurai le temps.

Pour le moment, je suis en train de compter le nombre de personnes que je vais devoir interroger, ni vu ni connu, pendant cette marche blanche. D'abord, je constate que Mario est présent. Alors qu'il est supposé être en arrêt maladie, il apparaît dans le cortège. Thomas et Juliette sont au premier rang et tiennent la banderole, où les visages des cinq victimes sont représentés. Un peu à l'écart, j'ai remarqué la présence des deux inspecteurs en charge de l'enquête. Je vais devoir jouer finement, sinon je risque de me faire embastiller pour entrave à une enquête judiciaire. C'est James Bond qui serait content...

Plus étonnant, je repère les quatre membres de la « table des déprimés de la vie » qui se tiennent un peu à l'écart, pas certain de savoir comment se conduire.

Enfin, je retrouve les trois filles, que j'ai déjà interrogées hier, auxquels Anne et René, les parents de Sophie, se sont ajoutés. Logique, mais il y a comme des tensions dans le groupe... Qu'est-ce qu'il se passe ?

Bon, ordre et méthode ! Par qui dois-je commencer mes interrogatoires officieux ?

Comme les déprimés de la vie semblent être les plus fébriles, j'attaque par eux. Je m'approche en toute discrétion du groupe et surgis à leur côté sans leur laisser la moindre chance de pouvoir filer à l'anglaise.

— Bonjour, Mesdames et Messieurs. Je ne sais pas si vous vous souvenez de moi, je suis Chloé, la serveuse du salon de thé de Madame Alice.

Les quatre me dévisagent comme s'ils avaient vu un fantôme apparaître. Sympa...

— Bonjour Madame, me répond enfin l'inspecteur du fisc, Monsieur Charles Mondor.

Alors qu'il s'apprête à poursuivre, une femme intervient et s'interpose entre nous deux. Sans doute celle que Suri a repérée comme étant très intéressée par l'inspecteur du fisc.

— Bonjour, qu'est-ce que vous faites ici ?

Ah oui, direct. J'observe la blonde d'une cinquantaine d'années, au carré impeccable, et tente de me souvenir de son comportement lors de la soirée. Malheureusement, j'étais trop occupée à me débattre avec le service pour prêter attention aux agissements de mes contemporains.

— Bonjour Madame, enchantée de vous rencontrer, je suis Chloé.

— Oui, je sais, vous l'avez déjà dit.

Espèce d'abrutie, c'était une invitation à te présenter toi-même. Andouille !

— Eh bien, pour répondre à votre question, reprends-je d'un ton plus sec, je fais la même chose que vous. J'assiste à la marche blanche.

Elle m'observe les yeux ronds, comme si je venais de dire une stupidité.

— À moins, continué-je, que vous ne fassiez autre chose ici...

Elle sursaute, consciente que son comportement est des plus suspects.

— Bien sûr, nous assistons à la marche blanche... admet-elle du bout des lèvres.

— Vous connaissiez les victimes ?

— Bien sûr que non ! s'exclame la blonde.

— Non, nous n'avons fait que partager cette tragique soirée avec eux, intervient Charles Mondor.

J'observe l'inspecteur du fisc et suis quasi certaine qu'il dit la vérité.

Je reporte mon attention sur les deux derniers membres du quatuor. Une brune a l'air épuisé de Droopy et un petit homme aux lunettes rondes, en costume strict.

— Malheureusement, reprends-je, la soirée a été des plus dramatiques. J'espère que la police va trouver le ou les coupables et les embastiller.

— Le plus tôt sera le mieux, remarque la brune aux cernes sous les yeux dignes de Droopy.

Je hoche la tête pour toute réponse et me demande comment je vais relancer la conversation. D'évidence, ces gens n'ont pas envie de parler. Ils sont là par obligation sociale, mais ne se sentent pas à leur place dans cette marche blanche.

— Je me demande comment vous pouvez avoir le front de paraître à cette marche ! Vous et votre patronne ne manquez pas d'estomac.

J'observe la blonde avec incompréhension.

— De quoi parlez-vous ? dis-je d'un ton plus sec que je ne l'aurais cru.

— L'empoisonnement, bien sûr !

— J'ai beaucoup de mal à vous suivre, Madame, tonné-je. Je ne vois pas en quoi ma patronne et moi-même pourrions être tenues pour responsables du fait qu'un assassin a empoisonné un tiers des desserts avec du cyanure.

La blonde a un moment de stupéfaction, sa mâchoire pendant dans le vide sans réaction.

— Du cyanure ? répète l'inspecteur du fisc.

— Mais je croyais que c'était un empoisonnement alimentaire, reprend la brune aux yeux de Droopy.

— Du cyanure ? s'étonne le petit homme aux lunettes rondes.

— Eh bien oui, ce n'est pas un secret. Geneviève, la seule survivante, a subi un empoisonnement massif au cyanure, mais comme elle n'avait pas dépassé la dose létale, elle a pu être stabilisée et les médecins ont désormais bon espoir de la sauver. Quant aux autres, malheureusement, ils avaient avalé une trop grosse dose de poison pour survivre.

— Mais qui a fait ça ? s'exclame Charles Mondor.

— C'est bien le problème. La police est à la recherche du meurtrier.

Je me tourne vers la blonde pour l'observer. Elle est toujours hébétée. Non mais elle est sérieuse ? Elle croyait vraiment qu'un empoisonnement alimentaire pouvait tuer les gens en quelques secondes ?

— Qui vous a parlé d'un empoisonnement alimentaire ? m'enquiers-je d'une voix très sèche.

Elle m'a considérablement cassé les pieds… Remarquez ma courtoisie légendaire !

Elle a le bon ton de rougir et balbutie bêtement :

— Je l'ai vu sur le fil d'actualité.

Ne me prends pas pour une buse !

— Le fil d'actualité des réseaux sociaux, je suppose, dis-je d'un ton cynique. Les informations nationales ou régionales ne se sont pas autorisées à répandre de fausses informations.

Elle arbore une belle couleur pivoine. Quand on prend les gens pour des imbéciles et qu'on leur saute à la gorge, il vaut mieux être sûr de soi.

— Est-ce que vous auriez un ennemi particulier, Monsieur Mondor ?

L'homme se tourne vers moi avec stupéfaction.

— Pas à ma connaissance. Pourquoi me demandez-vous cela ? Et comment connaissez-vous mon nom ?

— Parce que vous venez de vous présenter et que j'ai reconstitué avec ma patronne la distribution des gâteaux. Il s'avère que le sixième gâteau empoisonné se trouvait dans votre assiette. Je me demandais donc si vous aviez un ou deux ennemis déclarés.

L'homme semble hors service. Je crois que je l'ai achevé. Il va tomber d'ici une ou deux minutes, son cœur ayant cessé de battre à l'instant même où je lui donnais les explications.

— Ils ont voulu empoisonner Charles !!!

Tiens, la blonde a repris vie.

— Pour le moment, qui a voulu empoisonner qui n'est pas clair, c'est pourquoi nous cherchons à comprendre.

— Mais vous êtes serveuse... remarque l'homme aux lunettes rondes.

— Oui, et alors ?

Il paraît déstabilisé par cette réponse.

— Bien sûr, si vous préférez, les inspecteurs présents pourront vous poser les mêmes questions, ici ou au commissariat.

Oui, je bluffe. Et encore... S'ils me cassent les pieds, je vais de ce pas discuter avec Robocop et sa copine. Je suis certaine qu'ils vont être très intéressés par le quatuor.

— Nous avons déjà répondu à leurs questions vendredi soir ! s'énerve Droopy.

— Vous savez ce que c'est, précisé-je avec bonhomie. Les enquêtes prennent du temps. Surtout les enquêtes criminelles...

Le quatuor casse-pieds se fige. En fait, j'étais très sympa avec eux dans ma qualification de « déprimés de la vie »... Ils drainent carrément mon énergie hors de mon corps tant ils me scient les nerfs...

— Pour répondre à votre question, non, je n'ai pas d'ennemis déclarés, réagit enfin l'inspecteur du fisc. J'assume certes une profession exposée, mais je ne pense pas que quelqu'un pourrait vouloir ma mort. Et vous dites que, d'après vos souvenirs, le gâteau empoisonné était dans mon assiette...

— Oui, Monsieur. Vous avez eu beaucoup de chance.

Il hoche la tête en silence, prenant peu à peu conscience du danger auquel il a échappé.

— En vérité, je n'ai même pas songé à goûter ce gâteau, puisque j'avais à peine reçu mon assiette que cette jeune fille s'est étouffée, celle à laquelle vous avez porté secours.

— Oui, Julie. Elle s'appelait Julie.

Il a l'air grave, mais absent. Je m'aperçois que les déprimés de la vie n'ont même pas eu l'idée de s'enquérir de l'identité des victimes. Ils étaient persuadés qu'il s'agissait d'un empoisonnement alimentaire et ne sont pas allés plus loin dans leur réflexion. Étrange comme la certitude d'avoir raison peut être forte chez certaines personnes, au point de les aveugler...

— Monsieur, reprends-je en m'adressant à l'inspecteur du fisc. Vous étiez placé dos au mur et vous aviez une vue dégagée sur la salle. Avez-vous remarqué des allées et venues suspectes vers les frigos pendant la soirée ?

Il réfléchit un long moment, puis explique :

— J'ai été étonné par le nombre de personnes s'étant rendues aux toilettes au cours de cette soirée. Je me suis même fait la réflexion que pas un des convives ne serait resté assis à sa place... À part peut-être les deux dames à la table presque en face de nous...

— Et le couple, intervient la blonde.

— Le couple plus âgé ? m'informé-je par principe.

— Oui, vous savez, la table de deux au milieu. Je crois qu'ils ne sont jamais allés aux toilettes. En revanche, les deux jeunes gens, les jeunes filles de la table du milieu et les jeunes gens vers la vitrine se sont tous levés à un moment ou un autre de la soirée. Nous aussi d'ailleurs, remarque-t-elle avec une étonnante honnêteté.

— C'est vrai, confirme Droopy. Quand je suis sortie des toilettes, il y avait cette jeune fille avec des lunettes qui regardait les gâteaux.

Alerte générale ! Alerte générale !

— Quand vous êtes sortie des toilettes, une jeune

fille avec des lunettes observait des gâteaux ? répété-je.

— Oui, vous savez, celle qui était à la table avec les deux jeunes filles qui ont été empoisonnées. Eh bien quand je suis sortie des toilettes, elle devait attendre son tour et elle observait les gâteaux. Ce qui m'a étonnée, c'est qu'elle s'était permis d'ouvrir la porte. D'ailleurs, je lui en ai fait la réflexion. La chaîne du froid, ce n'est pas fait pour les chiens.

J'adore Droopy.

— Et comment a-t-elle réagi à votre remarque ?

— Oh, elle a eu l'air confuse. Elle a vite fermé et s'est excusée de sa maladresse. Je crois que tout simplement elle n'y avait pas pensé.

— Oui, certainement, acquiescé-je en toute mauvaise foi. Elle avait ouvert la porte de quel côté ?

— Oh, oui, je comprends votre question. C'était la porte gauche du frigo.

J'opine du chef, remerciant mentalement le dieu des Droopy d'avoir mis l'une de ses adeptes sur ma route.

— Est-ce que vous avez songé à parler de ce détail aux policiers ? m'enquiers-je.

Elle paraît très surprise.

— Non, je dois avouer que ça m'était sorti de la tête jusqu'à ce que vous vous intéressiez aux allées et venues aux toilettes...

— Si j'étais vous, j'en toucherais deux mots aux inspecteurs. C'est un élément qui peut les intéresser.

— Vous croyez ? s'étonne-t-elle avec sincérité.

— Oui, tout ce qui a trait de près ou de loin à une incursion près des réfrigérateurs est très important pour leur enquête.

Elle semble un rien décontenancée, mais finit par opiner du chef en silence.

— Dans ce cas, il faut aussi que je vous dise quelque

chose, s'exclame l'homme aux lunettes rondes. Pour ma part, quand je suis sorti des toilettes, je suis tombé sur un jeune homme qui avait, lui aussi, ouvert la porte du frigo. Je n'ai pas fait de remarque, mais je lui ai envoyé un regard peu aimable qu'il a tout à fait compris.

— Un jeune homme ? Quel jeune homme ?

— Celui qui est décédé, juste après la jeune fille que vous avez aidée. Je ne sais pas son prénom en revanche...

— Jonathan.

— Sans doute. De toute façon, je crois que c'est le seul jeune homme qui soit mort cette nuit-là. Sur les quatre victimes, il y a tout de même trois femmes... Trois jeunes filles pour être plus précis...

— Oui, la Faucheuse a été généreuse avec les jeunes femmes ce soir-là.

Cette réflexion m'est sortie très froidement et elle glace quelque peu le sang de mes interlocuteurs. Pourtant, c'est une vérité. Certes, il y avait une écrasante majorité de convives féminines, mais il y avait tout de même six hommes et un seul a été empoisonné. Potentiellement deux, puisqu'il ne faut pas oublier celui qui avait reçu un gâteau empoisonné.

— Viens, André, dit Droopy à son acolyte à lunettes, nous allons parler aux inspecteurs. J'ai vu qu'ils étaient présents sur le côté de la manifestation, autant le faire maintenant.

Les deux s'éloignent, me laissant seule en compagnie de l'inspecteur du fisc et de la blonde.

— Pour ma part, reprend-elle, je n'ai vu personne quand je suis partie aux toilettes. Et toi, Charles ?

— Non, personne. Je trouve quand même extraordinaire que deux personnes se soient autorisées à ouvrir la porte des réfrigérateurs. Les gens sont d'une inconséquence...

Si seulement ce n'était que de l'inconséquence... J'ai fait un effort cette fois-ci, j'ai conservé cette réflexion pour moi. J'espère que vous êtes fiers de ma contenance !

> ## Manuel de survie de Chloé[11]
> ### 💰 Spécial job SUPER moisi 💰
>
> **Règle n°1 rectifiée :** *La patronne est plutôt sympa. Faire sa connaissance... Sa vraie connaissance, incluant la musique métal et sa passion pour le rose...*
>
> **Règle n°2 (toujours valable, un miracle !) :** *Ne pas paniquer quand un tiers de la clientèle vous claque entre les doigts...*
>
> **Règle n°3 rectifiée :** *Insister pour goûter toutes les nouvelles créations pâtissières de Madame Alice ! Vous voyez jusqu'où je pousse le professionnalisme !!!*
>
> **Règle n°4 :** *Tenter d'être polie avec les clients, même ceux qui ne sont pas sympas... Difficile... Pfff... Impossible !*

---

[11] Nouvelle version... C'est la première fois que je change aussi souvent un manuel de survie...

Chapitre 13.
En fait, il y a une meute

J e n'ai pas le temps de réfléchir aux informations que je viens de recueillir, que je vois Mario s'éloigner à grands pas. Au final, il s'est peut-être dit qu'assister à cette marche blanche n'était pas une bonne idée. Je me précipite pour le rattraper, quand sa route est barrée par les inspecteurs. Un bon point pour Robocop et sa copine !

Comme je ne peux pas décemment m'incruster dans un interrogatoire officiel, je reporte toute mon attention sur Juliette. Toujours en tête de cortège, elle n'a aucune conscience de ce qui l'entoure, n'ayant comme vendredi soir que d'yeux pour Thomas. À côté d'elle, il est au centre de la banderole, flageolant sur ses jambes, marqué par un deuil inattendu.

Juliette et Jonathan... Qu'est-ce qu'ils faisaient près des frigos, ces deux-là ? Juliette et Jonathan... Comme Jonathan a été empoisonné, il est difficile d'imaginer qu'il est l'auteur du carnage... Quoique... Et s'il s'était trompé dans l'exécution de son plan ? Et si le gâteau qu'il destinait à quelqu'un d'autre lui avait été attribué ? Ou bien, peut-être a-t-il voulu se suicider mais pas seul... Cela arrive aussi... Fichtre, j'ai eu beau tourner dans ma tête tous les scénarios possibles, je n'avais pas vu venir celui-ci. Juliette et Jonathan...

Pourtant, ils ne me donnaient pas l'impression de se connaître... Ou est-ce simplement une coïncidence ?

Comme je ne trouverai pas la solution en restant dans mon coin, je me rapproche aussitôt de la banderole pour discuter avec Thomas et Juliette. La marche blanche n'a pas encore démarré et c'est le moment ou jamais, si je veux leur parler.

— Bonjour Juliette, Bonjour Thomas. Je voulais vous remercier d'avoir organisé cette marche blanche. C'est tellement important de soutenir les familles dans ce genre de circonstances...

Thomas m'observe l'œil rond, ne semblant pas me reconnaître. Ça fait plaisir...

En revanche, Juliette me scrute avec des yeux de lapin pris dans les phares d'une voiture... Toi, ma cocotte, tu n'as pas l'esprit tranquille.

— Est-ce que je pourrais vous parler en tête-à-tête, Juliette, après la fin du cortège ?

Pour un peu, elle se mettrait à couiner d'horreur.

— Non... Mais... Je... Je ne vois pas pourquoi...

— En fait, je voudrais prendre en charge les frais de nettoyage de votre jupe. Je vous ai malencontreusement renversé un gâteau dessus et je suppose que votre vêtement est endommagé.

Une vague de soulagement traverse le visage de la binoclarde. Toi, tu n'as vraiment pas l'esprit tranquille. Elle grimace soudain et se frotte avec vigueur l'arrière du bras.

— Oh... Oui, bien sûr, mais ce n'est rien, finit-elle par articuler. Ne vous inquiétez pas pour si peu. Que voulez-vous, je comprends que vous ayez sursauté et que le gâteau soit tombé. Ce n'est pas grand-chose.

— Merci, c'est très gentil à vous, mais j'insiste.

Retour à une certaine confusion. Si je dois lui

reconnaître une qualité, c'est que Juliette n'est pas une bonne actrice. Tout se lit sur son visage.

Retour de la grimace et du massage vigoureux de l'arrière de son bras gauche...

— Vous vous êtes fait mal ? m'enquiers-je.

— Oh, ce n'est rien... Je n'ai pas eu de chance comme d'habitude... Je viens de me faire piquer par une guêpe ou quelque chose comme ça...

Bizarre, ce n'est pas la saison... Bref, continuons...

— Je voulais savoir, Juliette, qu'est-ce que vous faisiez devant le réfrigérateur au milieu de la soirée ?

Le spectacle vaut la provocation. Juliette perd toute couleur, alors que Thomas fait volte-face et se tourne vers elle comme un aspic prêt à attaquer.

— J'en étais sûr ! Je le savais ! s'exclame-t-il contre toute attente.

— Non ! Ce ne sont que des mensonges ! se défend Juliette.

Là, j'aimerais bien savoir de quoi ils parlent...

— Eh bien, expliquez-vous ! tranché-je.

— C'est Aloïs, elle m'a accusée de lui avoir fait prendre de l'huile de ricin pour la rendre malade ! C'est faux ! Jamais je ne m'abaisserais à une telle chose !

— N'empêche, les deux dernières fois où nous avons pris un repas ensemble, Aloïs a toujours été malade.

Ah ! À force de mettre des coups de bâton sur la fourmilière, les fourmis commencent à sortir !

— C'est courant dans la nouvelle génération d'administrer des laxatifs à ses rivales ? m'informé-je le plus sérieusement du monde.

— Bien sûr que non ! s'enflamme Juliette.

— Et pourtant, Aloïs était sûre d'elle, argumente Thomas. Elle n'était jamais malade, mais à chaque fois qu'on se rencontrait tous les trois, elle repartait avec une courante carabinée !

De grosses larmes montent aux yeux de Juliette. Je ne sais pas si c'est une adepte de l'huile de ricin, mais être accusée par Thomas la bouleverse.

— Le problème, interviens-je, c'est que ce n'est pas de l'huile de ricin qui a empoisonné Aloïs, Marie et les autres. C'est du cyanure...

Thomas me dévisage les yeux exorbités d'horreur. Quant à Juliette, elle est au bord de l'évanouissement. Toi, je ne sais pas ce que tu as fait, mais tu as fait quelque chose...

— Du cyanure ? répète Thomas sans comprendre ce qu'il articule.

— Oui, du cyanure. Un poison terrible.

Au plus mauvais moment, une jeune femme s'approche de Thomas et lui fait signe d'avancer. L'heure du cortège est arrivée et je suis obligée de laisser échapper Juliette et sa mauvaise conscience. Qu'est-ce qu'elle a fait ? À sa tête, je suis sûre qu'elle n'a pas fait que regarder les gâteaux. Toutefois, a-t-elle simplement mis de l'huile de ricin sur certains gâteaux ? Comme Madame Droopy - c'est plus poli que Droopy -, a vu Juliette devant la porte gauche ouverte, c'est qu'elle s'intéressait aux gâteaux de la fin du service. Ce qui tombe bien, puisque la « table de Roméo » était toujours l'une des dernières à être servie, si ce n'est la dernière... Et d'après ce que m'a dit Madame Alice, Juliette réceptionnait les assiettes et les distribuait aux autres. Si elle avait voulu administrer de l'huile de ricin à Aloïs, il lui aurait suffi d'en verser sur un gâteau et ensuite de le reconnaître à une marque, qu'elle aurait faite, pour le donner à l'intéressé... Le problème, c'est que je ne recherche pas une spécialiste de la purge, je cherche un adepte des poisons...

Néanmoins, je garde à l'esprit les accusations de Thomas. Aloïs soupçonnait Juliette de lui avoir administré à son insu, à plusieurs reprises, de l'huile de ricin pour la rendre malade. Ce n'est pas un comportement habituel entre amies d'enfance...

Le cortège avance et je sens un bras solide s'enrouler autour de ma taille pour me coller à un grand corps. J'espère que c'est James Bond, sinon ça va mal se passer.

Je jette un coup d'œil par-dessus mon épaule et je souffle de soulagement, je ne vais pas devoir tabasser en règle un malotru. C'est juste James Bond qui me casse les pieds.

— La pêche a été bonne ? s'enquiert-il.

— Excellente. Tu peux dire à Victor qu'Aloïs soupçonnait Juliette de lui avoir administré à plusieurs reprises de l'huile de ricin, quand elle la rencontrait en compagnie de Thomas. De plus, deux personnes de la « table des déprimés de la vie », la dame brune et le monsieur aux petites lunettes rondes, ont surpris en sortant des toilettes Juliette devant le réfrigérateur avec la porte gauche ouverte et Jonathan devant la porte de droite ouverte.

Marc se recule un peu pour m'observer plus à son aise.

— Tu plaisantes ?

— Pas le moins du monde.

— Jonathan et Juliette ont ouvert le réfrigérateur ? Mais qu'est-ce qu'ils ont fait ces deux imbéciles...

— Ça...

D'instinct, Marc cherche son ami Victor et nous constatons que, suivant le cortège, les deux déprimés de la vie sont en grande discussion avec les deux inspecteurs. Au moins, sur ce point, ils sont informés.

— Quoi d'autre ?

Hé !!! James Bond, si tu veux des renseignements, tu n'as qu'à les chercher toi-même !!! Le regard bleu de Marc me percute et je râle intérieurement, mais je capitule... Du moins pour le moment...

— Madame Alice semble être hors de cause. D'ailleurs, elle nous aide dans notre enquête. En revanche, je n'ai toujours pas réussi à mettre la main sur Mario...

Je sens Marc se tendre contre moi. Il balaie l'assemblée des yeux et, tout comme moi, il constate que le jeune homme a déguerpi sans demander son reste.

Je ne sais pas ce que celui-ci a à cacher, mais il y a un peu trop de gens qui se sont approchés des frigos pour que nous démêlions le vrai du faux du premier coup.

Nous avançons toujours, suivant le parcours de la marche blanche, quand quelqu'un vient s'accrocher à mon bras. À ma grande stupéfaction, il s'agit de Sophie, l'une des filles du « gang des I ». Elle est grande, presque autant que moi.

— Bonjour Chloé, je suis contente de vous voir parce qu'un détail m'est revenu en mémoire cette nuit. Je me suis demandé un moment si c'était mon esprit qui me jouait des tours ou si c'était un vrai souvenir, mais je suis certaine que c'est vrai. Quand je suis allée aux toilettes, il y avait une espèce de cigarette électronique sur le rebord du lavabo. Je n'ai pas fait attention à ce que c'était, mais ça m'a étonnée. C'est rare de trouver des objets ou quoi que ce soit dans les toilettes...

Marc, qui n'a pas raté un mot de cette déclaration, intervient par-dessus mon épaule :

— Est-ce que vous vous souvenez s'il y avait une étiquette sur cette cigarette et pouvez-vous nous dire à peu près quelle contenance elle avait ?

— La contenance, je ne sais pas trop. En revanche, il n'y avait pas d'étiquette.

— Et vous avez touché cet objet ? s'informe James Bond.

— Oh non, jamais de la vie. Quand je ne sais pas à quoi j'ai affaire, je ne touche jamais !

Bon réflexe, Sophie.

— Merci beaucoup, pour votre aide, Sophie, dis-je. Si vous vous souvenez d'autres choses, n'hésitez pas à en faire part aux inspecteurs.

— Je leur ai dit. C'est bien pratique qu'ils soient venus à la marche blanche. Le problème, c'est qu'ils m'ont posé plein de questions sur cette cigarette électronique, mais je n'avais aucune idée de la réponse. Je ne sais même plus à quel moment je suis partie aux toilettes cette soirée-là. Je suis sûre que c'était après l'apéritif et l'entrée, mais à quelle heure précise, je ne sais plus.

— Est-ce que l'une de vos amies serait partie aux toilettes après vous et aurait remarqué cette cigarette ?

Marc est très motivé pour quelqu'un qui refuse que l'on enquête en parallèle de la police...

— C'est ce qui est bizarre, je l'ai aussi dit aux inspecteurs. Suri est allée aux toilettes peut-être un quart d'heure après moi mais, quand elle est revenue, elle m'a dit que la cigarette avait disparu.

Suri... Quelque chose s'aligne dans mon esprit et je n'aime pas du tout cela. Je me demande comment je pourrais faire pour reconstituer l'ordre exact des allers-retours aux toilettes ce soir-là... Je suppose que c'est impossible, pourtant, j'ai l'impression que si nous retrouvions tous ces détails, nous serions à deux doigts de résoudre l'affaire...

Je jette un coup d'œil à Marc dont la crispation de la mâchoire me fait comprendre que son cerveau a suivi la même piste que le mien. Ce n'est jamais bon signe quand James Bond et Miss Marple sont d'accord sur un point...

— Merci infiniment Sophie. C'est très important. Si vous vous rappelez de quoique ce soit d'autre, n'hésitez pas à nous en parler. Tout détail peut avoir son importance.

— C'est sûr, mais je dois avouer qu'en plus de l'apéritif, on avait pris du vin à table et je ne tiens pas bien alcool. J'ai les idées très floues.

Ce n'était pas le moment...

— Ça, vous ne pouviez pas le savoir...

— C'est sûr, mais ça me contrarie quand même. Si seulement j'avais pu comprendre...

— Comprendre quoi, Sophie ? Personne n'a compris qu'un tueur était en train d'empoisonner un tiers de la salle. C'est terrible, c'est épouvantable, mais nous n'y pouvions rien. Il n'y avait pas de signes avant-coureurs, il n'y avait aucun moyen pour les gens présents dans cette salle de savoir qu'un mauvais coup était en préparation. La seule chose que nous puissions faire maintenant est de trouver le ou les coupables et de les punir.

— Les coupables ? s'étrangle Sophie.

— Oui, il ne faut jamais exclure une possibilité. Il peut y avoir un ou deux tueurs... voire plus...

Sophie fronce les sourcils et réfléchit avec sérieux.

— On va se réunir avec les filles et on va confronter nos souvenirs pour essayer de reconstituer au maximum ce que nous avons fait ou vu au cours de cette soirée. Dès qu'on aura fini, je préviendrai les policiers et vous.

— Vous n'êtes pas obligée de prévenir Chloé...

James Bond, qui t'a demandé ton opinion ?

Sophie a l'air outragé.

Un bon point pour toi, Sophie.

— Le problème, c'est que j'ai l'impression que c'est Chloé qui fait avancer le plus cette enquête. Alors, désolée, Monsieur, mais je préviendrai Chloé.

J'ai envie de me tourner vers Marc pour lui montrer mon large sourire, mais je sais qu'avec son caractère ombrageux, James Bond va mal le prendre. Je triomphe donc intérieurement, mais ma joie transparaît à travers chaque pore de ma peau. Un bon point pour Miss Marple, un mauvais point pour James Bond.

Le cortège s'arrête soudain et il faut quelques secondes pour que la foule prenne conscience que nous sommes arrivés au salon de thé de Madame Alice.

J'observe la tête de cortège depuis le côté où James Bond nous a placés pour avoir une vue panoramique sur le rassemblement. Juliette est d'une pâleur... Elle n'a pas l'air bien... À côté d'elle, Thomas a aussi une mine affreuse... Tout ceci est tellement bizarre. Thomas a presque accusé Juliette d'avoir contribué à l'empoisonnement d'Aloïs, mais il défile avec elle en tête de cortège comme si de rien n'était...

Je suis soudain interrompu par une voix qui résonne et je reconnais la voix de Thomas.

— Mesdames et Messieurs, proches, amis et

inconnus, je vous remercie d'être venus participer à cette marche blanche en souvenir des cinq victimes de l'empoisonnement collectif qui a eu lieu lors de la Saint-Valentin. J'étais proche depuis l'enfance d'Aloïs et de Marie, deux jeunes femmes monstrueusement empoisonnées à cette occasion. Je ne connaissais pas les autres victimes, mais je suis de tout cœur avec leurs familles, leurs amis et leurs proches. Ce qui s'est passé est une abomination et il est important que nous soyons unis autour de ceux qui ont perdu un proche. Pour ma part, j'ai perdu deux amies et un peu plus…

La voix de Thomas se brise à cet instant et ce moment de faiblesse confirme, une fois de plus, que le jeune homme était amoureux d'Aloïs. J'ignore si cet amour était réciproque…

Un mouvement de foule interrompt mon raisonnement. Mais qu'est-ce qu'il se passe encore ? On ne peut même plus penser en paix !!! Des cris surgissent de la tête du cortège.

Marc se met aussitôt en mouvement, se frayant un chemin dans la foule et je le suis, profitant du bulldozer qui ouvre la voie. En quelques instants, nous avons rejoint l'épicentre du mouvement de panique et j'ai un haut-le-cœur. Juliette gît au sol, l'inspecteur Victor tentant vainement de la réanimer. Merde… Elle n'était vraiment pas bien…

Chapitre 14

Poison mignon, poison grognon

Quand nous nous réunissons le soir chez Muriel en compagnie de toute la troupe des « Shakespeare en pire », de Madame Alice, de Marc et de Paul, nous sommes toujours en train d'accuser le coup. Juliette est morte quelques minutes après être tombée dans un coma irréversible. Elle s'est effondrée peu après la prise de parole de Thomas et n'a jamais repris conscience, malgré les tentatives de réanimation dont elle a été le sujet. Quatre filles et un garçon... Cinq jeunes vies fauchées en quelques jours par un empoisonneur, qui s'amuse à poursuivre son œuvre au vu et au su de tout le monde. Pour le moment, les causes de la mort de Juliette sont inconnues et la rumeur soutient qu'elle a fait une crise cardiaque. Sans doute mais, pour ma part, je sais que cette crise cardiaque a été déclenchée par quelque chose. Le seul élément dont je sois sûre, c'est que le poison utilisé n'est pas du cyanure. Juliette n'est pas morte de la même façon que les autres... Nous cherchons donc un empoisonneur qui a de bonnes connaissances dans plusieurs poisons. Ce n'est pas un amateur, qui s'amuse à jouer avec des fioles, c'est quelqu'un qui sait doser les poisons et les administrer.

— Mario fait des études de pharmacie.

Cette annonce a l'avantage d'imposer le silence autour de la table.

Marc se tourne vers moi et annonce :

— Victor l'a interrogé à plusieurs reprises, mais il n'a rien contre lui ni pour vendredi soir, ni pour cette après-midi. Pour ma part, je n'ai pas repéré Mario dans la foule et Victor ainsi que Sandra l'ont vu partir du cortège avant qu'il ne s'élance.

— Sandra ? demandé-je.

— L'inspectrice en charge de l'enquête.

Je hoche la tête, contente d'avoir enfin appris le prénom de cette femme.

— Qu'est-ce que tu en penses, Chloé ? m'interroge Cyrielle.

Je reporte mon attention sur la blondinette et décide de jouer franc jeu.

— Nous avons affaire à un manipulateur. Le tueur est d'une intelligence supérieure. Je ne serais pas étonnée qu'il joue aux échecs, parce que c'est de cette façon qu'il a envisagé le meurtre qui l'intéressait. Comme c'est quelqu'un sans empathie et sans conscience, il empoisonne plusieurs personnes vendredi soir pour dissimuler le véritable assassinat. Pour le moment, je ne sais toujours pas qui était la victime initiale de ce carnage. Néanmoins, je suis certaine que ce n'est pas l'œuvre d'un déséquilibré ayant frappé au hasard. Ce n'est pas possible. Quelqu'un devait mourir ce soir et, que la cible ait été atteinte ou pas, il y avait quelqu'un de visé.

Paul hoche la tête.

— Je suis d'accord avec toi. Ce n'est pas une tuerie de masse, il y a un tueur prêt à tout pour dissimuler ses traces, y compris à un autre meurtre. Nous en avons eu la démonstration cette après-midi...

— Oui, reprends-je, malheureusement, Juliette savait quelque chose et elle s'est bien gardée de le dire. Non seulement son silence ne l'a pas protégée, mais il lui a coûté la vie pour rien. Désormais, ce qu'elle savait va être enterré avec elle.

— Mais de quoi parlez-vous tous les deux ? s'indigne Luc.

— Peu avant sa mort, j'ai discuté avec Juliette. En fait, l'une des femmes de la « table des déprimés de la vie » a vu Juliette en sortant des toilettes. Elle était plantée devant le réfrigérateur, la porte ouverte du côté des gâteaux que nous allions servir en dernier. Elle avait ouvert la porte de gauche. Information tout aussi intéressante, André, l'un des deux hommes à la même table a vu, quant à lui, Jonathan, le seul homme mort dans cette affaire, qui avait ouvert la porte droite du réfrigérateur. D'après ce qu'en disent les témoins, les deux jeunes gens observaient les desserts.

— Et il y a aussi cette histoire de cigarette électronique, intervient Marc. D'après l'une des jeunes filles de la table centrale, elle a vu une cigarette électronique dans les toilettes, mais quand son amie y est allée un quart d'heure plus tard, elle n'y était plus. Ce qui est intéressant, c'est qu'elle est certaine d'être allée aux toilettes après l'apéritif et l'entrée.

— Je pense, continué-je, que le tueur a eu l'opportunité d'observer la façon dont nous servions les assiettes lors des deux premiers plats. Il a donc mis en place son piège et a empoisonné ou fait empoisonner les gâteaux... Et si cette cigarette électronique était en réalité un vaporisateur de poison ?

Marc me détaille avec attention. Il est en train de réfléchir à ma supposition.

— Tu crois qu'il s'est servi de Juliette pour

empoisonner les gâteaux ?

— C'est possible. Juliette était très jalouse d'Aloïs, qui avait retenu l'attention de Thomas. Aloïs s'était plainte à plusieurs reprises que Juliette lui avait administré de l'huile de ricin. Est-ce que Juliette a voulu poursuivre sa mauvaise blague ? Est-ce qu'elle a été manipulée par le tueur pour empoisonner les gâteaux, sans savoir ce qu'elle administrait aux victimes ? Ou a-t-elle agi seule ? Sur ce dernier point, je suis des plus sceptiques. S'il s'avère à l'autopsie que Juliette a été assassinée, nous saurons qu'elle n'a pas agi en solitaire, mais qu'elle a peut-être été l'instrument permettant au tueur de se créer un alibi, alors que les gâteaux étaient empoisonnés.

Un silence s'impose dans la salle, bientôt rompu par Paul.

— Je trouve que tu vas un peu vite en besogne, Miss Marple. Admettons qu'un tueur ait apporté un flacon de cyanure avec lui lors du repas de la Saint-Valentin. Il a la ferme intention de tuer quelqu'un en particulier mais, pour dissimuler au mieux les pistes menant vers lui, il se décide à empoisonner six assiettes. En revanche, la question reste entière : comment s'est-il assuré, malgré les aléas du service, que sa cible serait empoisonnée ?

— C'est simple, réponds-je. Admettons que le tueur est Mario et que sa cible est Jonathan. Peu importe le motif dans l'état actuel de l'hypothèse. Il empoisonne une série de gâteaux, se débrouille pour que l'une des assiettes empoisonnées soit servie à sa table et, quand il s'aperçoit que le gâteau empoisonné lui a été attribué par Madame Alice, il échange les assiettes sous n'importe quel prétexte et tend le gâteau empoisonné à Jonathan.

Marc et Paul deviennent très silencieux. D'évidence, les échanges d'assiettes n'avaient pas fait sens dans leurs têtes.

— Admettons désormais que le tueur est Juliette, continué-je. Elle a décidé de se débarrasser de sa rivale d'une façon plus définitive qu'avec l'huile de ricin et elle empoisonne les éclairs. Comme Madame Alice me l'a précisée, elle s'était assise à table de façon à réceptionner les assiettes et à les distribuer. Une fois encore, le tueur s'arrange pour donner l'assiette empoisonnée à sa victime. En réalité, la difficulté n'est pas de donner l'assiette à la victime désignée, mais bien d'être certain de réceptionner une assiette empoisonnée à sa table. D'où l'empoisonnement d'un tiers des assiettes.

— Mais, Biquette, c'est monstrueux ce dont tu parles... intervient Serge qui s'était tenu coi jusqu'à présent.

— En fait, s'étrangle Cyrielle, tu es en train de nous expliquer que le jeu n'était pas tant que Madame Alice ou toi distribuiez l'assiette empoisonnée à la bonne personne, mais qu'il y ait simplement une assiette empoisonnée à la table du tueur ? Évidemment, vu sous cet angle...

Cyrielle en reste pensive et perturbée.

— D'accord, sur ce point, je veux bien te suivre reprend Paul. Le tueur empoisonne six assiettes pour être certain qu'il y en ait au moins une qui arrive chez lui. Si le tueur est Mario, pour prendre un exemple, il sait qu'il est la première ou la troisième table à être servie et qu'en conséquence il doit empoisonner deux assiettes sur les six premières. En effet, si vous servez d'abord la table de Muriel et Geneviève, il doit obtenir un gâteau au cyanure à la troisième table, si vous commencez par sa table, il doit en obtenir un à la première table. Il empoisonne donc une assiette pour la première table et une assiette pour la troisième table. Ainsi, il est certain de recevoir l'une des deux assiettes empoisonnées sur les six. Merde... C'est machiavélique. Il sait qu'il va créer un carnage, mais peu lui importe, tant qu'il abat sa cible.

— De la même manière, poursuis-je, si Juliette est la tueuse, elle empoisonne au moins une assiette par table de quatre et le tour est joué. Ainsi, en raisonnant par table, si elle se met à la place la plus à même de réceptionner les assiettes, elle est certaine d'obtenir au moins une assiette empoisonnée et de pouvoir la servir à son ennemie.

— Je crois que tu as raison, Chloé, commente Marc. Nous avions tort de considérer que le tueur s'était arrangé pour vous faire distribuer l'assiette à sa cible. C'est plus simple que cela. Le tueur empoisonne des assiettes à chaque table et se met en position de distribuer à sa cible le dessert empoisonné, qui arrivera inévitablement à sa table. Reste à définir qui est le tueur...

— Nous savons déjà que le meurtrier ne se trouve ni à la table de Geneviève et Muriel, ni à la table d'Anne et de René. En revanche, il peut être à la table de Jonathan et Mario, la difficulté étant que Jonathan a été vu la porte ouverte devant les éclairs, mais pas Mario. Certes, Mario a interverti son assiette avec celle de Jonathan, mais personne n'a vu Mario devant le réfrigérateur. Nous savons aussi que le tueur ne se trouve pas à la « table des déprimés de la vie », pourquoi ? Parce que c'est moi qui ai servi l'assiette à Monsieur Charles Mondor et que cette assiette n'a été intervertie par personne. C'était une assiette fantôme, pour être sûr que le poison arriverait à la table du tueur. Quant à la « table des filles », la question reste ouverte. Elles sont toutes très sympathiques, mais je n'en sais pas assez sur leurs vies pour définir si l'une ou l'autre aurait pu avoir un mobile pour assassiner Julie. Après tout, cette histoire de cigarette électronique vient de leur table...

— Est-ce que l'une ou l'autre a interverti son assiette ? s'informe Marc.

Je réfléchis un instant, mais ne peux pas répondre.

— Pas à ma connaissance, mais je n'en sais rien. Je n'ai pas pu surveiller leurs assiettes, j'étais en retard sur le service et je me suis précipitée pour leur donner leurs trois desserts, puis je suis repartie aussitôt finir le service.

Madame Alice réfléchit et finit par intervenir :

— Pour ma part, je servais la « table de Roméo », comme vous l'appelez, et j'ai été surprise que Juliette intervertisse les assiettes. Elle réceptionnait les assiettes, les a distribuées à Aloïs et Marie, puis je lui ai donné son propre dessert, puisque j'ai l'habitude de servir les femmes avant les hommes, mais elle l'a aussitôt tendue à Thomas. J'allais lui en faire la remarque, quand je vous ai vue revenir en courant charger des derniers desserts et j'ai décidé de me taire. Après tout, elle n'attendrait son éclair que quelques instants.

— D'accord, reprends-je, s'il n'y a pas eu d'échange d'assiettes à la table centrale, c'est que soit Julie était une cible au hasard, soit le tueur a eu de la chance, qu'il visait Julie et qu'une assiette empoisonnée lui a été distribuée. C'est peu probable, mais pas impossible. Nous ne pouvons pas éliminer cette hypothèse.

— Excuse-moi, intervient Muriel, je n'ai pas bien

compris pourquoi nous éliminions la « table des déprimés de la vie ». Après tout, ce n'est pas parce qu'il n'y a pas eu d'échange d'assiettes qu'ils sont innocents. Le tueur a peut-être eu aussi de la chance dans ce cas et l'assiette aura été servie à l'inspecteur du fisc, sans qu'il ait besoin d'intervertir les assiettes.

— Je suis d'accord avec Muriel, intervient Paul. Si nous appliquons un raisonnement à la table centrale, nous devons aussi l'appliquer aux autres tables.

— Donc, je suis suspecte, tranche Muriel.

Je l'observe avec stupéfaction.

— Bien sûr que non ! Pourquoi aurais-tu voulu tuer Geneviève ? Te connaissant, c'est ridicule. Tu captures même les araignées dans les coulisses des théâtres pour les sortir plutôt que de les écraser. Alors de là à assassiner six personnes de sang-froid, excuse-moi, Muriel, mais je n'y crois pas !

— Tu dis ça parce que tu me connais. Mets-toi dans la peau d'un inspecteur de police qui ne me connaît ni d'Ève ni d'Adam. Dans sa tête, nous sommes tous suspects. Tous ceux qui ont eu le malheur d'avoir une assiette empoisonnée à leur table sont d'une manière ou d'une autre suspects.

— Je suis d'accord avec vous sur le raisonnement, constate Marc. Il faut raisonner « par table » et non pas « par assiette ». Le tueur n'a pas choisi au hasard d'empoisonner les assiettes, mais a scrupuleusement placé du poison dans certaines assiettes afin d'en recueillir au moins une à sa table. Selon moi, vous êtes tous suspects, sauf la table d'Anne et de René.

— Oui, ni Anne, ni René n'ont été empoisonnés et, d'après l'inspecteur du fisc et sa voisine, qui avaient une vue globale sur la salle, ils ne se sont pas rendus aux toilettes ce soir-là. Je suis d'accord avec ton raisonnement Muriel, mais cela ne nous fait guère avancer.

— Je ne suis pas d'accord avec toi, Chloé, nous avançons, intervient Paul. Je trouve ton raisonnement « par table » extrêmement intelligent et sans doute vrai. Le tueur s'est arrangé pour que des assiettes empoisonnées soient distribuées à chaque table et qu'il puisse s'assurer que sa cible était bien la destinataire d'un gâteau empoisonné. Maintenant, je suis d'accord, nous tombons de dix-huit suspects à seize, moins les victimes... Et encore, les cas de Jonathan et de Juliette doivent être examinés à part. Ils sont peut-être victimes et empoisonneurs.

— Dans ce cas, reprends-je, il faut admettre que si Juliette et/ou Jonathan font partie des empoisonneurs, ils ont fait équipe avec une troisième personne.

— Ou pas... remarque Marc.

— Comment ça, ou pas ? grogné-je, de méchante humeur.

— Dans l'état actuel de nos connaissances, les témoins ont vu Juliette et Jonathan devant la porte ouverte du réfrigérateur, ils ne les ont pas vus manipuler les gâteaux. Ils les ont vus regarder les gâteaux. Ce n'est pas la même chose.

Je réfléchis à ce point de vue et suis obligée de reconnaître son bien-fondé.

— Oui, tout bien réfléchi, Juliette était fébrile quand je lui ai dit que je voulais lui parler, elle a peut-être tout simplement vu quelqu'un qui versait quelque chose sur le gâteau, puis s'est arrangée pour vérifier ce qu'il avait fait. Elle a peut-être vu des traces sur les gâteaux et c'est pourquoi elle observait les gâteaux mais ne les manipulait pas...

— Mais, dans ce cas, intervient Cyrielle, pourquoi

elle n'a pas parlé à la police ? Elle aurait pu dire qu'elle avait vu untel ou untel en train de verser quelque chose sur les éclairs !

— Sauf si elle a cru que c'était un mauvais tour et qu'elle s'est arrangée pour donner les gâteaux avec des traces suspectes à ses deux rivales...

— Merde, ce ne serait vraiment pas de chance pour cette gosse... conclut Serge.

— Ce ne serait pas de chance, mais c'est possible, conclus-je. Le problème, c'est que nous ne savons toujours pas qui était la cible principale et qui est le tueur. Si Juliette ou Jonathan ont voulu vérifier ce que quelqu'un avait fait aux gâteaux en ouvrant les portes et en regardant de près les desserts, cela ne nous donne toujours pas la solution de qui a voulu tuer qui et pourquoi. Désormais, nous savons simplement à peu près le comment de la chose... C'est une avancée, mais ce n'est pas suffisant...

Chapitre 15

Qui est le loup ?

Lundi 17 février - Temps affreux. Journée affreuse. Gens encore plus affreux... J'ai déposé les Choupis à l'école, vive la liberté ! Oui, je suis en pleine forme...

La question tourne à l'obsession chez moi. Qui a voulu tuer qui ? Le problème est qu'il y a trop d'hypothèses possibles. Même si j'admets le raisonnement de Muriel, je me refuse à la considérer comme une suspecte. Selon moi, ni elle, ni Geneviève, ni Anne, ni René ne sont les coupables. Pour les autres, tout reste ouvert.

Jonathan regardait les desserts, devant le réfrigérateur à la porte ouverte. Mais qu'est-ce qu'il regardait ? Avait-il surpris quelqu'un en train de verser quelque chose sur les gâteaux et voulait-il s'en assurer ? Est-il l'auteur de l'empoisonnement et son plan se serait-il retourné contre lui ? Non, je refuse d'y croire puisque, même si Mario lui a donné son assiette sous prétexte que le gâteau était plus gros, il lui aurait suffi d'échanger de nouveau les desserts sous n'importe quel prétexte pour se débarrasser du poison ou, simplement, il lui suffisait d'attendre avant de commencer son dessert. Selon moi, Jonathan était soit curieux d'observer les éclairs de plus près, soit il avait vu quelque chose et tentait de comprendre ce à quoi il avait assisté. D'une façon ou d'une autre, nous ne saurons jamais pourquoi il a ouvert la porte du frigo.

En revanche, le cas de Mario est très intéressant, d'autant que je n'ai jamais eu l'opportunité de discuter avec ce garçon. Même s'il a répondu à plusieurs reprises aux inspecteurs, je trouve étonnant qu'il me file entre les doigts comme une anguille. Malheureusement, je ne sais toujours pas où il habite et ma seule possibilité de lui parler est qu'il soit de retour mercredi après-midi à la librairie... soit dans deux jours, ce qui est trop long pour une affaire criminelle... Mais passons...

Si je veux me montrer objective, je dois étudier le cas des filles de la table centrale comme tous les autres. Julie a été empoisonnée et les filles se sont toutes rendues aux toilettes de leur propre aveu. Elles ont même mis sur le devant de la scène cette histoire de cigarette électronique qu'elles seules ont vu apparaître et disparaître dans les toilettes... Que dois-je en penser ? Je n'en ai pas la moindre idée. Soit elles disent la vérité, soit elles ont tué Julie et tentent de me lancer sur de fausses pistes... Pour le moment, je n'ai pas d'avis tranché sur la question, même si, de prime abord, je veux bien croire qu'elles soient plus innocentes que coupables.

Venons-en à la « table des déprimés de la vie »... La personne, qui devait être empoisonnée, ne l'a pas été au final car il n'a pas touché à son gâteau. Pourtant, il y a eu un petit délai entre le moment où j'ai déposé l'assiette sur sa table et le moment où Julie s'est étouffée, puisque j'ai eu le temps de me rendre à la « table de Roméo » et de tendre son assiette à Juliette. En outre, de leurs aveux même, les quatre sont allés aux toilettes. Ils avaient donc les mêmes opportunités que les autres d'empoisonner les desserts.

Enfin, la « table de Roméo », selon moi, l'épicentre du séisme. Après tout sur quatre convives, nous en sommes à trois mortes. Seul Thomas a survécu... Je n'ai toujours pas les résultats de l'autopsie, ce qui me contrarie infiniment. J'aimerais beaucoup savoir de quoi est morte Juliette. Certes, elle n'a pas été empoisonnée au cyanure, mais je suis certaine qu'un autre poison lui a été administré d'une façon ou d'une autre. La piqûre de guêpe... Une guêpe ? Ridicule... Il n'y a pas de guêpe en février. Elle a été piquée et le tueur lui a administré quelque chose... Au milieu de la foule, au su et au vu de tout le monde... C'était risqué, mais le meurtrier a bien manœuvré, puisque personne ne l'a vu...

Je vais retourner interroger Thomas. Il y a eu beaucoup de morts autour de lui. Il pourra m'en dire plus sur cette « piqûre », puisqu'il se trouvait à côté de Juliette... De plus, si je veux bien croire à son histoire d'huile de ricin, au vu de la réaction de Juliette, j'aimerais avoir son point de vue sur ses relations avec les mortes. Je pense qu'il était très amoureux d'Aloïs, j'ignore ce qu'il ressentait pour Marie, mais je suis persuadée qu'il était contrarié par Juliette. Est-ce que cette histoire pourrait être aussi simple que cela ? Est-ce que, par dépit amoureux, Juliette aurait voulu donner une leçon à Aloïs et Marie qui aurait mal tourné ? Après tout, si elle a été capable d'administrer à plusieurs reprises de l'huile de ricin à l'une de ses rivales, peut-être s'est-elle laissé embarquer dans une histoire qui l'a dépassée... Juliette ne semblait pas être mauvaise, ce qui ne signifie pas qu'elle était innocente. Elle a peut-être été manipulée. Toutefois, si elle a été assassinée, ce que je crois, c'est qu'elle avait vu ou su quelque chose qu'elle a tu aux inspecteurs. Pourquoi ? Parce qu'elle était elle-même impliquée dans l'empoisonnement, qu'elle l'ait su ou pas... Parce qu'elle était la tueuse ? Dans ce cas, qui l'a assassinée à son tour ? Thomas, pour venger Aloïs ? C'est possible. C'est possible, mais cela ne me plaît pas. Il y a trop d'éléments laissés de côté dans cette hypothèse qui, certes, est facile à comprendre, mais qui n'est pas satisfaisante dans cette histoire. Tout est trop complexe, trop embrouillé pour que la solution soit si simple. Réfléchis, Chloé, il y a quelque chose que tu as vu, que tu sais et que tu n'as pas encore intégré à ton schéma... Cyrielle et son téléphone... Tu n'as pas toujours pas vérifié les pages personnelles sur les réseaux sociaux de tous ces braves gens.

Je plonge sur mon téléphone et ouvre la page de Julie...

Une heure plus tard, mon raisonnement s'est densifié... Pas dans le sens que j'avais imaginé, mais une image étrange des événements et des personnes flottent dans ma tête... Bien sûr, il manque beaucoup de détails, de nombreux points doivent être vérifiés, mais quand même... J'ai un goût amer dans la bouche... Cette photo de couple dans un lieu paradisiaque... J'avais tiqué en la voyant, mais je ne me suis pas doutée une seconde que c'était la clé... Une clé bien fine, bien éthérée, qui ne tiendra que si je les fais craquer...

J'ai besoin de confronter mon point de vue à celui de quelqu'un et je sais vers qui je vais me tourner. Après tout, ma patronne a assisté à la même soirée, mais elle n'a pas vu les mêmes choses que moi...

Madame Alice semble surprise quand elle me voit sur le pas de sa porte, mais elle descend aussitôt les quelques marches de son perron et vient ouvrir la grille de son jardin.

— Bonjour Madame Alice, dis-je avec courtoisie. J'espère que je ne vous dérange pas trop.

— Bonjour Chloé, non bien sûr, ce n'est pas comme si j'avais quelque chose à faire de mes journées... Le salon de thé est toujours fermé et je ne sais pas quand je pourrai y retourner. La police scientifique est toujours dans les murs. J'ignore ce qu'ils cherchent cette fois-ci...

Elle me fait signe d'avancer et referme la grille derrière nous, puis nous entrons chez elle.

Comme hier, elle nous sert en quelques secondes un plateau de thé avec des gâteaux savoureux. D'évidence, ma patronne passe ses nerfs sur la pâtisserie.

— Que puis-je faire pour vous ? me demande-t-elle.

— J'ai besoin de quelqu'un avec qui réfléchir, quelqu'un en qui je peux avoir confiance et quelqu'un qui aura assisté à la soirée. Il me faut vos souvenirs, vos yeux et vos oreilles. Qu'est-ce que vous avez entendu, qu'est-ce que vous avez vu, quels détails que vous seule avez discernés et que je n'ai pas vus et dont je n'ai pas été témoin.

Madame Alice hoche la tête avec lenteur. Aujourd'hui, elle porte un pull gris et un jean assez simple. Elle a réuni ses cheveux en une longue tresse et cette image de ma patronne semble moins iconoclaste que l'adepte de la musique métal d'hier.

— Je réfléchis depuis hier, explique-t-elle. Je dois avouer que cette histoire tourne dans ma tête. J'ai essayé autant que faire se peut de me souvenir quand j'avais croisé qui aux toilettes, mais les allées et venues ont été si incessantes que c'est quasi impossible à reconstituer.

— Nous allons essayer d'étudier table par table les comportements des différents convives. Généralement, si nous raisonnons avec méthode, les éléments se mettent en place par eux-mêmes. En revanche, je vous propose d'éliminer immédiatement Muriel, Geneviève, Anne et René de l'équation.

— Oui, je suis d'accord en théorie avec votre amie et je comprends qu'elle puisse vouloir que les raisonnements se fassent de façon équitable, mais pourquoi aurait-elle empoisonné son amie et pourquoi aurait-elle assassiné cinq autres personnes... D'autant que Muriel n'était même pas présente lors de la marche blanche. Si nous partons du principe que Juliette a été assassinée, son assassin devait être présent à la marche blanche, ce qui n'est pas le cas de Muriel. Je ne l'ai vue nulle part et je sais qu'elle n'y a pas assisté. En revanche, je suis d'accord avec votre raisonnement. C'était extrêmement intelligent de votre part de penser en termes « de tables » à empoisonner et non pas en termes « d'assiettes ». Reste à savoir comment le tueur a fait pour assassiner sa cible. Si nous partons de la table des garçons, Jonathan est empoisonné et Mario lui a cédé son dessert... Soit ce jeune homme a une chance infernale, soit il a voulu assassiner son compagnon. Ensuite, pour détourner l'attention des forces de police, il noie l'assassinat dans un flot de meurtres.

Madame Alice m'étonne. Derrière sa stricte façade et ses manières du XIXe siècle, elle a un esprit vif et cartésien qui me plaît.

— Poursuivons sur le cas de Mario, proposé-je. Il nous échappe à chaque fois que nous essayons de lui parler, il s'est trouvé mal juste après les empoisonnements vendredi soir, ce qui lui a permis de disparaître de la scène assez rapidement. Il n'a pas reparu à son emploi depuis lors et je trépigne d'impatience d'aller vérifier mercredi s'il sera présent ou pas à son poste de travail.

— Il s'est levé à plusieurs reprises, commente Madame Alice. J'ai même dû le rappeler à l'ordre quand il s'est servi un verre au comptoir, sous prétexte que les menus comprenaient des boissons à volonté, ce qui n'était pas le cas.

Je hoche la tête me remémorant les reproches que Madame Alice faisait à Mario. Effectivement, j'avais remarqué qu'il s'était beaucoup levé en début de repas. Je l'ai vu aux toilettes, il est allé au comptoir, puis il est retourné aux toilettes une autre fois un peu plus tard. Mais était-il vraiment aux toilettes ou était-il en train d'empoisonner les gâteaux ?

— De plus, continué-je, il était présent à la marche blanche, en début de rassemblement. Puis, quand il a vu que je me dirigeais vers lui, il s'est éloigné mais il a été arrêté par les inspecteurs. J'aimerais bien savoir de quoi ils lui ont parlé...

— Oh, ce n'est pas compliqué. Avec Serge, nous avons écouté la conversation.

J'observe Madame Alice comme si elle venait de muter en une espèce de créature incroyable inconnue au bataillon.

— Je vous demande pardon ? m'exclamé-je abasourdie.

— Hier, nous avons un peu écouté aux portes avec Serge, avoue-t-elle. C'était très instructif. Les inspecteurs semblaient intrigués par ce jeune homme. Contrairement à ce que nous imaginions, ils n'ont pas pu l'interroger vendredi soir. Comme vous le disiez, il s'est trouvé mal et a été transféré à l'hôpital. Toutefois, quand les inspecteurs se sont présentés, il était déjà parti et rentré chez lui. Les événements s'étant bousculés, les inspecteurs n'avaient pas eu le temps de le recontacter samedi, mais quand ils l'ont vu à la marche blanche dimanche, ils n'ont pas raté l'occasion. Ils lui ont demandé quels étaient ses liens avec Jonathan, ce à quoi il a répondu qu'ils étaient amis depuis quelques jours et qu'il espérait secrètement pouvoir sortir avec le jeune homme. Cet élément ne m'a pas surprise, il semblait être le plus intéressé des deux, si vous voulez mon avis.

Je m'accorde à l'opinion de Madame Alice.

— Quoi d'autre ?

— Pas grand-chose, quelques questions sans importance. Est-ce qu'il connaissait d'autres personnes dans la salle ? Ce à quoi il a répondu « non ». Est-ce qu'il avait vu des choses suspectes dans la soirée ? « Non ». Ce qu'il faisait à la marche blanche ? Il voulait rendre hommage aux victimes, mais il ne se sentait pas bien et voulait rentrer chez lui.

Je suis estomaqué... Robocop est nul !

— C'est tout ?

— Oui, j'ai moi aussi trouvé que c'était un peu léger. Ensuite, il est parti. J'ai supposé qu'il était rentré chez lui... mais je dois avouer que je n'ai pas surveillé ses allées et venues.

— Est-ce que vous l'avez vu approcher de Juliette d'une façon ou d'une autre ? m'informé-je auprès de ma surprenante patronne.

— Non. Toutefois, je ne vous dis pas qu'il ne l'a pas fait, je vous dis que je ne l'ai pas vu.

Je soupire, consciente que malgré ces informations, il n'y a pas grand-chose d'exploitable en l'état.

— Il a menti aux inspecteurs sur au moins un point : il connaissait Aloïs... Sinon comment expliquer qu'il aimait de façon systématique toutes les publications de la jeune femme ?

Madame Alice réfléchit un instant et émet un son indigné...

— Pas si intéressé par les garçons que ça... À quoi il jouait ?

— À un jeu mortel... C'est peut-être pour ça qu'il s'est servi un verre, pour se donner du courage...

Ma patronne se fige un instant, puis opine du chef.

— Oui, c'est possible...

— Pour en revenir aux inspecteurs, ils ne lui ont même pas posé des questions sur la pharmacie et les poisons ?

— Non. Ils n'ont pas non plus vérifié son emploi du temps du samedi. Je pense que cela aurait pu être utile.

— C'est quand même curieux... Nous avons affaire à un empoisonnement au cyanure et l'une des rares personnes dans la salle qui aurait pu accéder facilement à ce poison n'est même pas interrogée convenablement.

— Oh, ce n'est pas la seule personne qui aurait pu avoir accès aux poisons... Juliette était bijoutière, figurez-vous. J'ai un peu discuté avec elle lorsqu'elle est venue réserver la table jeudi soir.

J'observe la patronne et me demande où elle veut en

venir.

— Il s'avère que mon ex-mari était lui aussi bijoutier, spécialisé dans les dorures. Les bijoutiers utilisent du cyanure pour ce genre de travaux. C'est l'un des points dangereux de leur métier. Les produits toxiques...

Alors là, chapeau bas patronne, heureusement que je suis assise dans une chaise solide, j'aurais pu me péter le croupion par terre.

— **E**st-ce que vous connaîtriez les professions des autres clients, par hasard ?

Madame Alice paraît surprise par cette question, puis elle prend le temps de réfléchir et finit par opiner du chef. J'aime réfléchir en compagnie de cette femme, elle est posée, attentive et pèse ses mots. C'est reposant à notre époque...

— Oui, à peu près tous, admet-elle. Par exemple, je sais que Muriel est régisseuse au sein de votre troupe de théâtre et que son amie Geneviève est professeur d'économie à la retraite. René était entrepreneur, il a eu plusieurs commerces au cours de sa vie dont deux épiceries, qui fonctionnaient très bien. Anne était experte-comptable, une profession utile pour les affaires de son mari. Jonathan était coiffeur et Mario est étudiant en pharmacie, comme vous le savez. Les filles à la table centrale finissent leurs études ou sont chef d'entreprise. Julie était un élève-infirmière, elle devait terminer sa formation d'ici quelques mois. Sophie est étudiante en droit et elle n'a pas terminé ses études. Suri finit aussi ses études d'ingénieur. Quant à Émilie, elle est professeure de danse et a sa propre école... Une jolie école, d'ailleurs... D'après ce qu'elles m'en ont dit, elles se sont toutes rencontrées à l'époque du collège à leurs cours de danse classique. À la « table des déprimés », comme vous le dites, il y a Monsieur Charles Mondor, l'inspecteur du fisc, sans doute celui que je connais le moins. En revanche, Natacha et Ella sont des clientes de longue date. Elles travaillent toutes les deux au service du budget de la mairie. Enfin, André, l'homme aux petites lunettes rondes, est fonctionnaire territorial mais je n'ai pas compris quelle était sa fonction. Je dois vous avouer que les arcanes de l'administration ne me sont pas très familiers. Enfin, à la « table de Roméo », pour être polie, il y a Thomas qui est professeur d'allemand dans un collège du centre-ville, il y avait Aloïs qui était pharmacienne, Marie qui était préparatrice en pharmacie, elles travaillaient toutes deux dans la même officine, et enfin Juliette qui était bijoutière spécialisée dans les dorures sur des pièces de joaillerie ou sur des pièces métalliques, en fonction des commandes.

En fait, je vais reconsidérer le fait que Madame Alice est une espionne russe sous couverture. C'est un véritable centre de renseignements à elle toute seule.

— D'accord, dis-je, un peu sonnée par le flot d'informations. Donc, si je reprends la liste de ceux qui pouvaient avoir accès à des poisons et notamment à du cyanure, il y avait : Mario, Julie, Juliette, Aloïs et Marie... Nous en revenons toujours à la « table de Roméo ». Plus ça va, plus je suis certaine que tout tourne autour de cette table. Après tout, c'est la table où il y a eu le plus de morts.

— C'est vrai qu'un seul survivant sur quatre, c'est étrange... commente Madame Alice.

— En revanche, le seul survivant est justement celui qui n'a pas eu accès à du cyanure... À moins qu'il n'y en ait dans son collège... mais ça m'étonnerait, les adolescents et les poisons ne font pas bon ménage...

— Je suppose que les policiers auront l'idée de vérifier ou de faire vérifier les stocks de cyanure dans les différents lieux de travail des suspects...

— Sûrement, reconnais-je, mais l'information prendra du temps à être recueillie et transmise... Très bien, intéressons-nous à Juliette... C'est elle qui a réservé la table jeudi soir. C'est encore elle qui s'est positionnée de façon à réceptionner les assiettes et à les distribuer aux autres. C'est elle qui a été vue devant le réfrigérateur, la porte ouverte, devant les gâteaux de fin de service. C'est toujours elle qui a été empoisonnée hier, alors qu'elle n'avait pas la conscience tranquille au vu de sa réaction à chacune de mes questions. Quand je lui ai demandé ce qu'elle faisait devant le réfrigérateur, elle a failli avoir un malaise. Les accusations de Thomas à son encontre n'ont pas aidé à la rendre plus sereine. Juliette, d'une façon ou d'une autre, faisait partie des tueurs.

Madame Alice se rejette en arrière dans sa chaise et engloutit une grande gorgée de thé.

— Pourquoi dites-vous « d'une manière ou d'une autre » ?

— Parce que soit elle était à l'initiative de l'empoisonnement au cyanure, ce dont je doute au vu de son air horrifié, soit elle a voulu jouer un mauvais tour à Aloïs, un de plus et, sans doute, à Marie, l'amie de sa rivale, en versant quelque chose dans leurs gâteaux.

— Et si Juliette avait versé de l'huile de ricin sur les gâteaux de ses rivales, mais que le tueur avait ajouté du cyanure au laxatif ? s'interroge Madame Alice.

— C'est possible, mais quelques gouttes d'huile de

ricin ne vont pas servir à grand-chose. Il faut quand même avaler une certaine dose avant d'être malade...

— C'est vrai, remarque ma patronne. Dans ce cas, Juliette n'aurait-elle pas voulu changer de produit et prendre quelque chose d'un peu plus efficace ?

— Possible, mais le delta entre l'huile de ricin et le cyanure est quand même important... Et si nous allions rendre visite à Thomas pour savoir comment s'est passé le repas de vendredi soir ?

Madame Alice paraît surprise un instant, puis elle précise :

— Oh, je peux vous en parler. J'ai peu ou prou toujours servi cette table. J'ai pu voir comment les relations se sont dégradées entre les convives. J'avais déjà été étonnée par la réaction de Juliette, lorsqu'elle avait réservé la table jeudi soir. Je lui avais proposé la table au centre de la salle et elle n'y avait vu aucune objection. Puis, le lendemain matin, elle me téléphone complètement affolée pour que je les installe à la table près de la vitrine. Cela m'a contrariée et m'a obligée à refaire les plans de salle, mais un client est un client. Il faut essayer de le satisfaire au maximum de nos possibilités...

Surtout quand c'est la bonniche de service qui se trimbale les tables... Je dis ça, je ne dis rien.

Imperturbable, Madame Alice continue :

— Au début du repas, quand j'ai servi les amuse-bouches et l'apéritif, l'ambiance était assez cordiale à leur table. Ils devisaient gentiment, parlant de tout et de rien sans problème. Puis, quand j'ai servi l'entrée, j'ai senti que quelque chose avait basculé. Il y avait une espèce d'animosité générale, plus ou moins tournée contre Juliette. D'ailleurs, c'est peu après le service de l'entrée que je l'ai vue partir aux toilettes.

— Cela correspond aux témoignages de l'une des deux déprimées de la vie, la brune...

— Ella...

— Oui, Ella aux yeux de Droopy, dis-je à haute voix sans le vouloir...

Madame Alice éclate de rire et me confirme :

— C'est vrai, il y a un faux air de Droopy dans cette femme.

— Donc Ella a dit être allée aux toilettes après que l'entrée a été servie et y a rencontré Juliette devant le réfrigérateur.

Madame Alice hoche la tête et continue :

— D'accord, donc Juliette quitte la table où une certaine hostilité s'est installée et, dans un but ou l'autre, elle ouvre la porte du frigo du côté des dernières assiettes qui seront servies. Nous ignorons si elle a profité de cette occasion pour verser quelque chose ou pas sur les gâteaux. Elle pouvait aussi bien se calmer les nerfs en observant les pâtisseries... Cela m'arrive de temps à autre.

Curieux comme ce détail ne m'étonne pas...

— Et la suite du repas ? demandé-je imperturbable.

— Quand je suis venue leur apporter le plat principal, Juliette était à sa place et distribuait les assiettes à son habitude. Je ne l'ai pas vue se lever de nouveau jusqu'à la fin du repas...

— Et l'ambiance à la table ?

— Ah oui... Quand j'ai servi le plat principal, les conversations tournaient autour de la rupture récente d'Aloïs avec son petit ami de longue date. Manifestement, elle n'avait pas compris le caractère emporté de cette rupture et ça l'avait beaucoup bouleversée. Elle se plaignait du manque de confiance dans les hommes, que sa génération devait avoir, et j'ai eu envie de lui dire que quelle que soit la génération, les abrutis existaient, mais cela n'aurait pas été commerçant de ma part.

— Oui, confirmé-je, j'ai vu sur sa page Instagram qu'elle avait partagé beaucoup de publications autour du fait de se retrouver seule, de se reconstruire, de retrouver son soi intérieur... Et ils ont réservé la veille de la Saint-Valentin ? Je me demande quand elle a été quittée par son petit ami... Vous avez entendu autre chose ?

— Non, la conversation ne m'intéressait pas en vérité. J'ai juste saisi des bribes au moment où je servais les assiettes. Ensuite, lorsque j'ai desservi le plat principal, la conversation avait repris un cours plus agressif envers Juliette. D'évidence, c'était le vilain petit canard du groupe et les autres voulaient lui faire sentir à quel point elle était privilégiée d'être encore acceptée à leur table. J'ai trouvé ça très déplacé. Après tout, si vous n'aimez pas quelqu'un, vous ne l'invitez pas et c'est tout.

— Oui, bien sûr. Toutefois, ce raisonnement est valable pour les gens équilibrés. En revanche, pour ceux qui aiment avoir un faire-valoir ou un bouc émissaire, cela n'a pas de sens.

Madame Alice m'observe avec attention. J'ai remarqué à plusieurs reprises ce regard chez elle. C'est une femme analytique, très différente de l'image qu'elle donne dans le milieu professionnel.

— Au moment du dessert, reprend-elle, il m'a semblé que les conversations tournaient autour de la vie amoureuse de Thomas. Il était encore célibataire et Aloïs et Marie s'en étonnaient, disant que le jeune homme avait tout pour plaire... Oui, tout pour plaire aux autres, mais pas à elles, semble-t-il.

— Pourquoi dites-vous cela ?

— Oh, parce que tant Aloïs que Marie encourageaient Thomas à sortir avec l'une de leurs amies. Elles lui reprochaient toutes deux d'avoir refusé un « *date* », comme ils disent, un rendez-vous galant en français, avec leur amie commune le soir de la Saint-Valentin. Juliette était contrariée par cette conversation, elle tordait entre ses mains ma serviette et je me demandais si elle n'allait pas me l'abîmer.

— Oui, il ne faut pas être grand clerc pour comprendre que Juliette était très attirée par Thomas, mais Thomas était amoureux d'Aloïs, qui ne le regardait que comme un ami... Bref, des frustrations à n'en plus finir...

— Effectivement, les relations sociales et sentimentales de ce groupe étaient un bon terreau pour les drames...

— Donc, reprends-je, après ce repas plus ou moins houleux, Aloïs et Marie meurent empoisonnées... Puis, quarante-huit heures plus tard, c'est le tour de Juliette, Juliette dont Thomas était persuadé qu'elle avait fait prendre de l'huile de ricin à Aloïs. Il faut que nous allions discuter avec ce jeune homme...

Je sors mon téléphone portable et m'aperçois que les jeunes gens ne sont vraiment pas prudents sur les réseaux sociaux. D'évidence, Thomas a fait ami-ami avec les filles du « club des I » et ils sont de retour dans le bar en face de chez Madame Alice...

— Et si nous allions l'interroger ? proposé-je à Madame Alice.

— Avec grand plaisir, ma chère Chloé.

Je crois que je vais finir par être copine avec ma patronne.

Récapitulatif des tables[12]

Table de Muriel
Muriel, régisseuse-maquilleuse-habilleuse...
*Geneviève, professeur d'économie à la retraite

Table de papi et mamie
Anne, experte-comptable à la retraite
René, commerçant à la retraite

Table des garçons
Mario, étudiant en faculté de pharmacie
*Jonathan, coiffeur

Table des filles (table centrale)
Sophie, étudiante en droit
Suri, étudiante ingénieur
*Julie, élève-infirmière
Émilie, professeur de danse

Table des déprimés de la vie
*Charles, inspecteur du fisc (gâteau non consommé)
Natacha, employée de Mairie (blonde)
Ella « Droopy », employée de Mairie
André, fonctionnaire territorial

Table de Roméo
Thomas, professeur d'allemand
*Aloïs, pharmacienne
*Marie, préparatrice en pharmacie
*Juliette, bijoutière

---

[12] Je suis trop sympa ! Les victimes sont marquées d'une étoile... y compris l'inspecteur du fisc, qui l'a échappé belle !

Chapitre 17.

Qui est le chasseur ?

Quand nous arrivons avec Madame Alice au bar en face de son établissement, nous avons la surprise de trouver chez elle les deux inspecteurs toujours plongés dans leurs investigations.

— Au moins, remarque-t-elle pince-sans-rire, si nous avons besoin d'eux, nous saurons où les trouver...

C'est bizarre, mais j'ai l'impression que Madame Alice a le même pressentiment que moi. Oui, je vous le confirme, je crois que nous allons attraper un loup. Malheureusement, dans cette histoire, il n'y a pas un mais plusieurs loups. Une vraie meute en vérité...

— Soyez prudente, dis-je soudain. Je ne suis pas certaine que nous allons avoir affaire à des agneaux...

Elle m'observe sans ciller. Oui, Madame Alice a le même ressenti que moi.

— D'où l'intérêt d'avoir des inspecteurs sous la main, tranche-t-elle.

Elle se retourne, observe les policiers à travers la vitrine puis, ayant capté leur attention, elle leur fait signe de venir. Curieusement, les deux inspecteurs acquiescent d'un signe de tête. Je ne pensais pas que nous pouvions ainsi nous servir des forces de police, mais pourquoi pas. Après tout, ma patronne a raison. C'est pratique d'avoir des renforts sous la main.

Nous entrons toutes deux dans le bar et, loin de l'ambiance de recueillement à laquelle nous pourrions nous attendre, nous tombons pour ainsi dire dans une soirée étudiante... Manquent la musique et les gamins bourrés... Je vois que les deuils passent plus vite chez les jeunes... Oui, je suis cynique, parce que je ne pense pas qu'ils soient si endeuillés que cela. Du moins, pas tous ou pas de la façon dont nous pourrions nous y attendre.

Nous approchons de la table et ils sont si focalisés sur le fait de boire un verre et de rire, qu'ils ne nous voient même pas. Là, autour de la table, sont réunis, je vous le donne en mille, Thomas, Suri, Sophie, Émilie et, roulement de tambour, Mario. Il tombe bien celui-là... Depuis le temps que j'essaie de mettre la main dessus...

Mario... Je m'attendais à trouver les filles, voire Thomas, mais Mario en prime, c'est la cerise sur le gâteau ou, plutôt, la fleur empoisonnée sur l'éclair...

— Ça fait plaisir de voir que vous vous remettez vite de vos émotions... grincé-je.

Curieusement, ma phrase fige l'atmosphère. Un vent du nord glacial vient de souffler sur l'ambiance de la table.

Comme je n'ai pas l'habitude de m'arrêter en bon chemin, je continue :

— Nous sommes lundi et vous avez perdu respectivement celui que vous vouliez voir devenir votre petit ami, dis-je en pointant Mario, votre amie depuis plusieurs années, dis-je en montrant les filles, et vous, Thomas, vous remportez la palme, puisque vous avez perdu deux amies d'enfance il y a trois jours et une autre il y a moins de vingt-quatre heures. Vous êtes cinq à table et il y a cinq morts... Le compte est bon !

L'énergie change du tout au tout et je sens une profonde animosité monter. Ce n'est plus de la colère à ce stade, c'est de la rage. Je suis actrice, je sais reconnaître un changement d'humeur quand j'en vois un. Dommage, les enfants, plus j'énerve la foule, plus je jubile, c'est mon péché mignon à moi...

— Vous nous ferez bien une petite place à table, dis-je avec un large sourire.

— Si c'est pour que vous nous accusiez de meurtre, je ne crois pas non, s'énerve Sophie.

Ah... La carapace craque enfin...

— Allons, Sophie, vous me décevez, dis-je avec un air docte surjoué. Vous vous êtes montrée si flegmatique jusqu'à présent...

Je prends une chaise et m'installe entre elle et Thomas. Je crois que c'est une bonne place.

Alice, qui n'a pas l'intention de s'éloigner, prend une chaise et s'installe entre Suri et Mario. Choix judicieux, Alice. Oui, au point où j'en suis, je l'appelle « Alice » désormais.

— Mais enfin, de quoi parlez-vous ? s'étonne Émilie.

Ma pauvre couillonne, tu n'as rien compris... Je fouille dans ma mémoire et hoche la tête pour moi-même... Mais oui, la professeure de danse... La pauvre chérie n'est pas au niveau, elle n'a pas été mise au courant...

— Ma pauvre Émilie, je crois que vous devriez vous préparer à un choc psychologique. Ça va remuer.

Elle m'observe, cligne des yeux, puis tente de comprendre la situation.

— Mais de quoi parlez-vous ? s'inquiète-t-elle.

Elle a l'air perdue. Si perdue que ma patronne a pitié et se saisit de sa main par-dessus la table.

— Ma chère enfant, sachez que vous serez toujours la

bienvenue dans mon salon de thé. Si vous avez besoin de parler, vous savez où me trouver.

Cette proposition de service, fort aimable au demeurant, n'est pas du tout comprise. Tant pis, Émilie saisira plus tard...

La porte du bar s'ouvre et je me détends. Les renforts arrivent. Oui, être entourée d'assassins potentiels est assez désagréable, même lorsqu'on a une alliée dans la salle.

C'est James Bond qui va être content. Il va considérer que je prends du plomb dans la tête. Pour une fois, je ne confronte pas le tueur toute seule comme une grande ! Nous avons même des policiers avec nous !

— Inspecteurs, les salué-je. Je vous en prie, prenez place à table, nous allons commencer.

Victor et Sandra m'observent les yeux ronds, incapables d'interpréter mes dires, mais ils obtempèrent.

Une fois installé, Robocop grimace et me précise :

— Marc m'a dit que vous étiez sujette à ce genre de réunion à la Agatha Christie. Je suppose donc que vous avez dénoué les fils de l'écheveau...

— Pas tous, mais assez pour faire plonger deux ou trois personnes, ce n'est pas si mal...

Je reporte toute mon attention sur les personnes endeuillées ici présentes...

— Comme vous le voyez, nous avons affaire à une alliance improbable entre le survivant de la « table des garçons », j'ai nommé Mario, les survivantes de la « table des filles », Sophie, Émilie et Suri, ainsi que du seul et unique survivant de la « table de Roméo », Thomas, par lequel nous allons commencer.

Le jeune coq se redresse sur ses ergots et songe avec sérieux qu'il va m'impressionner... Il prêterait à rire, s'il n'était pas si écœurant.

— Vous savez que j'ai autre chose à faire de mes journées que d'écouter vos divagations, s'énerve-t-il.

Et c'est supposé m'impressionner ?

— Vous faites comme vous voulez, Monsieur, intervient Sandra d'une voix glaciale. Néanmoins, vous allez écouter ce que Madame Lefebvre a à dire ici ou au poste, à votre convenance.

Tiens, Miss Détective sait mon nom de famille... Ça, c'est encore un coup de James Bond... Néanmoins, c'est très pratique d'avoir un policier à table. En fait, à partir de maintenant, je vais me débrouiller pour toujours divulguer le fin mot de l'histoire avec des policiers aux alentours. C'est beaucoup plus sécurisant.

— Bien, commençons... débuté-je. Concernant Thomas, il est impliqué dans un meurtre qu'il a anticipé, confirmé sur un coup de tête et exécuté au vu et au su de tous. Malheureusement, Thomas, vous vous êtes trompé de cible. Vous avez assassiné cette pauvre Juliette, qui n'était pas responsable de la mort d'Aloïs et de Marie. Vous avez vengé vos amies en assassinant une innocente. Ce sont des choses qui arrivent, quand on se fait justice à soi-même.

Thomas se redresse, non plus fier-à-bras comme quelques instants auparavant, mais comme un lapin pris dans des phares. Insensiblement, Sandra se rapproche du jeune homme, prête à lui sauter dessus s'il tente de s'évader.

— En fait, vous avez été perdu par votre stylo à insuline.

Thomas flanche à ces mots.

— Un stylo à insuline ? répète Victor. Comment

pouvez-vous savoir pour l'overdose d'insuline ? C'est une information confidentielle que le légiste n'a pas encore officialisée...

Robocop, sois mignon, tais-toi...

— Je m'en doute, mais je vais vous expliquer... Ce sont les filles de la table centrale, qui ont attiré mon attention sur ce détail. D'après ce qu'elles m'ont raconté, lorsque Sophie est allée aux toilettes après l'entrée, elle a trouvé ce qu'elle a décrit comme « une grosse cigarette électronique ». J'ai mis un moment à comprendre en quoi ce détail me perturbait. S'il y a une chose dont je suis certaine, c'est qu'au cours de la soirée, je n'ai pas senti l'odeur d'une cigarette électronique de quelque arôme que ce soit. En outre, je n'ai vu personne fumer un tel engin dans l'établissement, puisque Madame Alice ne tolère pas l'usage de ces objets chez elle. Si vous voulez fumer, qu'il s'agisse de cigarettes traditionnelles ou de cigarettes électroniques, vous devez sortir de l'établissement. Aussi, ai-je été perturbée par cette prétendue « cigarette électronique » dont personne n'avait fait usage mais qui, pourtant, se retrouvait sur le lavabo des toilettes, puis disparaissait un quart d'heure plus tard. En revanche, quand j'ai réfléchi à la mort de Juliette, une mort étrange, où elle semble avoir tout simplement basculé dans le coma et n'en être jamais sortie jusqu'à en mourir, j'ai su qu'un poison avait été utilisé. Restait à définir lequel... Et c'est là qu'une vieille histoire m'est revenue en tête. Le chat de ma grand-mère. Ce pauvre chat était diabétique et, un jour, ma grand-mère s'est trompée. Elle lui a administré une surdose d'insuline et la pauvre bête en est morte. Ce malheureux chat a basculé dans un coma profond puis, le cœur et le cerveau ayant été privés de sucre, ils ont tout simplement cessé de fonctionner. Les comas diabétiques sont très dangereux et vous en savez quelque chose, n'est-ce pas, Thomas ?

Il passe par toutes les couleurs de l'arc-en-ciel. Cela ne me réjouit même pas.

— C'est ce que vous avez utilisé pour tuer Juliette. Elle était près de vous lors de la marche blanche. Avant de partir de chez vous, vous aviez programmé une dose massive d'insuline dans votre stylo. Vous avez ruminé, ruminé et ruminé encore depuis vendredi soir. Vous étiez sûr que la mort d'Aloïs était due à Juliette. Vous en étiez tellement certain que vous êtes parti armé de votre stylo à insuline et vous attendiez le moindre signe de Juliette qui vous conforterait dans votre conviction. J'ignore ce qu'elle a dit ou fait mais, quand je suis venue vous parler hier avant le début de la marche blanche, vous aviez déjà empoisonné Juliette. Elle avait mal au bras gauche et m'a précisé avoir été piquée par une guêpe. Une guêpe en février... Vous avez planté votre aiguille dans votre victime et vous avez attendu que l'insuline fasse son œuvre. Vous l'avez regardé mourir... Vous êtes un sadique, persuadé de son bon droit, ce qui est assez terrifiant au final. Si j'avais su... Peut-être qu'un peu de sucre lui aurait sauvé la vie...

— Vous n'avez aucune preuve ! s'exclame soudain Thomas.

— Oh, j'ai toutes les preuves du monde. Les policiers ici présents vont saisir votre stylo à insuline, ils vont l'envoyer au laboratoire et, quand on retrouvera l'ADN de Juliette sur l'embout à piqûres, vous serez perdu. Tout ça pour cette histoire d'huile de ricin... Ridicule.

— Ce n'est pas ridicule ! hurle soudain Thomas. Juliette s'amusait à empoisonner Aloïs !

— Empoisonner ? grondé-je. Non, nous ne parlons

pas d'empoisonnement dans ce cas, il s'agit d'huile de ricin, pas de cyanure ou d'overdose d'insuline. Contrairement à ce que vous imaginez, Aloïs n'était pas prête à sortir avec vous, Thomas. Elle vous voyait comme un ami. D'ailleurs, elle vous a même proposé de sortir avec l'une de ses amies pour la Saint-Valentin. Quand elle vous disait que vous étiez un homme bien sous tous rapports, cela ne signifiait pas qu'elle voulait sortir avec vous, cela signifiait qu'en tant qu'amie, elle espérait vous voir vous caser avec quelqu'un, mais pas avec elle. Toutefois, vous étiez tellement sûr de votre amour pour elle, que vous vous êtes leurré vous-même. Vous étiez certain que, désormais qu'Aloïs était débarrassée de son encombrant petit ami, vous pourriez prendre sa place. Ce n'était pas le cas. Et que dire de cette pauvre Juliette... Le vilain petit canard de votre groupe, le faire-valoir, le *punching-ball*, celle qui était moins jolie que les autres filles, celle que l'on prenait pour une idiote puisque vous étiez tous des « intellectuels », alors qu'elle n'était que bijoutière... Vous étiez tous de bien mauvais amis pour cette jeune femme et je suis triste de ne pas avoir pu l'aider... Je n'ai pas perçu le danger que vous constituiez pour elle... Je ne pensais pas que vous la tueriez... J'en ressentirai le regret jusqu'à la fin de mes jours... Et dire qu'elle se préoccupait de votre santé... Quand je lui servais son gâteau, je l'ai entendue vous dire : « Thomas, fais attention au sucre... ». Quelle ironie...

Thomas a le bon goût de pâlir un peu à ce souvenir.

— Un autre point m'a préoccupée au sujet de Juliette. Je me suis demandé pourquoi, quand elle avait réservé la table le jeudi soir, elle n'avait alors fait aucune remarque, quand Madame Alice lui avait proposé la table centrale. Dans ce cas, pourquoi, quelques heures plus tard, était-elle affolée et suppliait-elle Madame Alice de placer son groupe à la table de quatre près de la vitrine ? C'est un détail qui m'a donné du fil à retordre. Vraiment... Mais ce n'est que, lorsque j'ai compris qu'elle avait trouvé de prétendues alliées que j'ai saisi pourquoi ce changement de table était si fondamental. C'est que la table centrale était prise, n'est-ce pas, Sophie ?

Fin du premier acte

C omme je suis très attachée au fait que vous suiviez mon raisonnement, je vous laisse regarder la dernière mouture de mon plan de la salle ! Merci qui ?

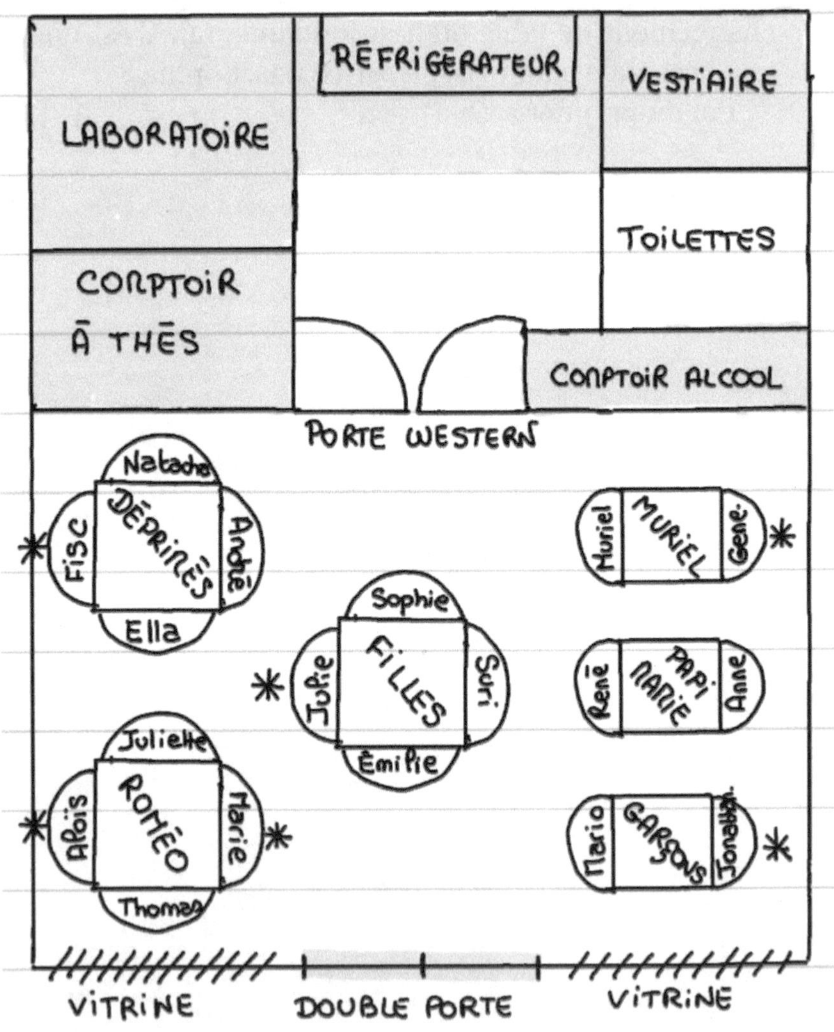

Sophie se fige dans une pose monolithique. À ses côtés, les deux autres filles du « gang des I » semblent pétrifiées, l'une d'horreur, l'autre de stupéfaction.

— C'était compliqué de savoir qui était la cible, continué-je. Il y avait tellement de morts. J'ai longtemps cru que la cible principale était Aloïs. Après tout, il y avait eu deux mortes à la « table de Roméo ». Cette pauvre Juliette... Tout le monde l'a prise pour une imbécile. Ses amis d'enfance s'en servaient de faire-valoir et de bouc émissaire à l'occasion, puis vous, le groupe de filles sympas, le « gang des I » qui se connaissait depuis le collège et qui, soudain, apparaissait dans la vie de Juliette pour la soulager du fardeau de ses amis d'enfance malveillants. Vous avez très bien joué votre partition, Sophie et Suri. Vous mériteriez un Oscar toutes les deux. Au début, je n'y ai vu que du feu... Et il y a eu cette histoire de « cigarette électronique »... Je me suis dit qu'aucun témoin valable ne pouvait recueillir autant d'informations. Vous en avez trop fait. C'est souvent ce qui trahit les tueurs amateurs.

— Qu'est-ce que vous avez fait ? s'énerve soudain Thomas.

Ah, intéressant. Le tueur n°2 va m'aider à déstabiliser les tueuses n°1. Parfait.

— Ce qu'elles ont fait ? Elles ont tué Julie et, par ricochet, elles ont tué Aloïs, Marie et Jonathan, bien sûr avec l'aide de Mario mais j'y reviendrai plus tard, puis elles vous ont inspiré le meurtre de Juliette, n'est-ce pas ? Elles ont insinué des choses, elles vous ont peut-être même dit qu'elles l'avaient vue près du réfrigérateur...

— Ce n'était pas Juliette ? bafouille Thomas, au bord de l'évanouissement...

C'est bien ce que je pensais, ce crétin a tué Juliette pour venger Aloïs...

— Non, ce n'était pas Juliette, du moins pas de son plein gré. Reprenons. Les filles se connaissent depuis le collège, où elles se sont rencontrées dans leur classe de danse. Il y a Julie, la future infirmière, Suri, la future ingénieur, Sophie, la future juriste-avocat-juge et je-ne-sais-quoi d'autres, sans oublier Émilie, la prof de danse. Cherchez l'erreur... Pourtant, parmi les quatre, la seule qui travaille déjà et qui gagne sa vie, c'est Émilie, mais les autres la méprisent un peu... Enfin, quand je dis les autres, Sophie et son âme damnée, Suri. Émilie a créé sa propre école de danse et tout se passe bien pour elle. Pour les autres, c'est plus difficile, sauf pour Julie qui a choisi un métier toujours en tension. Si vous êtes infirmière, vous avez forcément du travail.

Mon regard percute celui d'Émilie et je sais que je suis dans le vrai.

— De prime abord, les filles semblent bien s'entendre. Toutefois, quand on prend le temps de scruter leurs pages Instagram respectives, on s'aperçoit qu'il y a des tensions dans le groupe, notamment quand

Julie est sortie avec l'ancien petit ami de Sophie. Ça ne se fait pas... Ça ne se fait d'autant pas entre vieilles copines.

Je sais que j'ai raison, mais il faut que je pousse Sophie ou Suri à sortir de leurs gonds devant les inspecteurs. Malheureusement, en dehors de quelques publications sur leurs pages Instagram, je n'ai pas grand-chose pour étayer ma théorie.

— C'est en contemplant les photos sur les différentes pages que j'ai compris. Il y avait ce jeune homme blond sur une publication du 3 juin de l'année dernière sur la page de Sophie et, d'après la photo, Sophie et ce jeune homme étaient en couple. Puis, Sophie a publié deux ou trois citations sur le fait de se reconstruire après une rupture, patati et patata, les trucs habituels que les filles mettent quand elles ont été larguées comme de vieilles chaussettes.

Sophie cille, mais elle ne craque pas. Continue, Chloé...

— Puis, en Juillet, à peine un mois plus tard, une photo de Julie embrassant son nouvel amoureux apparaît sur son Instagram et, roulement de tambour, nous avons affaire au même jeune homme, l'ancien petit copain de Sophie... Puis, trois semaines plus tard, le jeune homme étant particulièrement volatile, je vois apparaître de nouveau le même genre de publications pourries avec des phrases toutes faites pour se reconstruire, trouver sa paix intérieure, sa force intérieure, patati et patata... Bref, Julie a suivi le même chemin que Sophie avant elle et a été larguée comme une vieille chaussette... Les deux copines sont-elles réconciliées pour autant ? Certainement pas. Sophie n'est pas prête à laisser passer cette trahison et prépare sa vengeance. Elle la prépare longtemps, elle attend l'occasion rêvée et elle réfléchit à la meilleure façon d'assassiner celle qui l'a trahie, sans devoir en assumer les conséquences. Elle est juriste, elle se renseigne, elle étudie des cas d'assassinats quasi parfaits pour trouver un moyen de se débarrasser de sa rivale en toute discrétion ou, mieux, en faisant porter le chapeau à quelqu'un d'autre. C'est pourquoi elle implique d'abord Suri dans la manœuvre... Là aussi, je me suis heurtée à des difficultés. Pourtant, la réponse s'est imposée d'elle-même. Sophie avait besoin de quelqu'un qui pouvait lui procurer du cyanure. Quand on vous a demandé quelles étaient vos études, Suri, vous êtes restée floue, annonçant seulement des études d'ingénieur. Mais ingénieur en quoi ? J'ai vérifié et je suis tombée sur la publication de votre université où vous aviez reçu un prix d'excellence en chimie... Nul doute que le laboratoire universitaire offre tout un panel de magnifiques poisons. Il vous suffisait de tendre la main pour vous servir dans les étagères. En revanche, j'ai du mal à savoir ce que Sophie a pu vous dire pour vous convaincre de l'aider à assassiner Julie. Certes, cette dernière ne s'était pas montrée élégante en récupérant l'ancien petit ami de Sophie. Je suis d'accord avec vous, cela ne se fait pas entre amies. Toutefois, cette indélicatesse est loin de pouvoir justifier un assassinat de sang-froid, *a fortiori* quand il est couplé aux meurtres de plusieurs personnes, que vous avez sacrifiées dans le but de cacher qui devait mourir ce soir-là.

— À ce propos, si je puis vous poser une question, intervient l'inspecteur Robocop, comment avez-vous fait pour déterminer quelle était la victime principale ?

— Oh, par élimination et par logique. Il y avait six assiettes empoisonnées. La première a été servie à

Geneviève et nous sommes tous d'accord pour dire qu'elle n'était pas la victime principale. Assassiner un ancien prof d'économie à la retraite n'a guère d'intérêt, d'autant que la table était isolée, c'est-à-dire que ni Muriel, ni Geneviève n'avaient de connexion avec les autres convives. En revanche, la deuxième victime est plus intéressante. Jonathan, un jeune coiffeur sans histoire, ayant simplement eu le malheur de se trouver au mauvais endroit au mauvais moment... Oui, d'après le témoignage d'André, l'un des déprimés de la vie, il a surpris Jonathan debout devant le réfrigérateur, la porte ouverte, en train d'examiner les desserts de la partie droite. Malheureusement, pour le jeune homme, je pense qu'il a vu quelqu'un verser le poison et qu'il tentait de comprendre ce à quoi il avait assisté. Cette curiosité lui a coûté la vie, mais j'y reviendrai un peu plus tard. Ensuite, il y avait la « table de Roméo » où deux personnes avaient été empoisonnées, jusqu'à ce qu'une troisième ne rejoigne encore les victimes par ricochet. Il y avait trop de morts à cette table. Cela désignait d'office le quatrième convive comme le tueur ou, au moins, l'un des tueurs. Par conséquent, ni Aloïs, ni Marie n'étaient visées en première intention, puisque cette table attirait trop l'attention. Enfin, il y avait l'inspecteur du fisc mais il n'avait pas commencé son gâteau... Et c'est là que j'ai compris. Pourquoi Charles Mondor n'avait-il pas touché à son gâteau ? Parce que Julie avait commencé à convulser. Elle a reçu le troisième gâteau, mais elle a été la première à convulser. La conclusion s'imposait d'elle-même...

— Elle avait reçu une dose de poison plus forte que les autres... intervient Sandra, comprenant le raisonnement.

La policière m'observe avec attention, puis hoche la

tête dans un signe de confirmation. Elle est d'accord avec mon analyse.

— La première à tomber était la victime principale. Julie avait reçu une plus forte dose de poison que les autres, c'est elle qui est morte en premier, alors qu'elle n'a pas reçu le premier gâteau. À partir de ce moment-là, les choses se sont mises en place et je ne doute pas de pouvoir prouver la culpabilité de Sophie et de Suri. D'ailleurs, Émilie, vous allez m'aider. Quand j'ai déposé l'assiette de Julie devant elle, est-ce que l'une ou l'autre de vos camarades a interverti son assiette avec Julie ?

Émilie réfléchit un instant, puis finit par hocher la tête dans un geste positif.

— Oui, Sophie a pris le gâteau d'Émilie et elle lui a donné le sien. Elle disait qu'elle était au régime et que le gâteau de Julie était plus petit...

Je grimace avant de continuer.

— Est-ce qu'à un moment ou à un autre, Suri a détourné votre attention et celle de Julie en vous montrant quelque chose à travers la vitrine ?

Émilie reste bouche bée un instant, ne comprenant pas comment je peux tout savoir... Le talent, ma chère, le talent !

— Oui, confirme-t-elle, c'était juste après que les desserts ont été servis. Elle a sursauté et juré avoir vu David, l'ancien petit copain de Sophie qui était ensuite sortie avec Julie... J'ai cru que Julie allait faire une crise cardiaque... Ça c'était tellement mal passé avec lui et ça lui avait presque coûté l'amitié de Sophie... Elle s'en voulait tellement... Mais c'était une romantique. David a bien manœuvré. Il la connaissait, puisque nous nous étions tous côtoyés au fur et à mesure des soirées et il a joué sur la corde sensible. Il lui a dit qu'elle était son grand amour, qu'il avait quitté Sophie pour elle et je ne sais quelle autre bêtise que Julie a gobé, persuadée qu'elle avait enfin trouvé « le » grand amour de sa vie...

Elle s'arrête un instant, puis dévisage ses deux amies qui ne vont plus l'être pour longtemps. Son regard change au fur et à mesure que la vérité s'impose à elle.

— Vous avez tué Julie parce qu'elle est sortie avec David... conclut-elle en se levant d'un bond. Si vous deviez tuer quelqu'un, vous auriez dû tuer David. C'est bien lui qui s'est fichu de vous deux. C'est bien lui qui t'a larguée comme une malpropre, parce que tu étais incapable de rapporter un centime à la maison. C'est bien lui qui s'est moqué de Julie parce que, oui, il s'est moqué d'elle. Tu étais tellement dans la haine et dans le ressentiment, que tu n'as même pas vu que Julie souffrait le martyre dans cette relation. Elle s'en voulait tellement, elle considérait que c'était une trahison envers toi. Et, ces vacances aux Seychelles, ça a coûté un bras à Julie. C'est elle qui a tout payé. Il s'est mis avec elle pour ça, il voulait partir aux frais de la princesse et, la princesse, c'était Julie. Tu parles d'un prince charmant !

Elle fait une pause et personne n'ose rompre son silence.

— Et vous avez tué Julie pour ça... murmure-t-elle.

Suri, qui accuse le coup plus fortement que Sophie, tente de se saisir de la main d'Émilie, qui s'éloigne aussitôt d'elle.

— Ne me touche pas ! crie-t-elle. Même si tu n'as pas empoisonné toi-même le gâteau, c'est toi qui as fourni le poison, c'est toi ! Tu savais ce qui se passait et tu n'as même pas essayé de sauver Julie. De toute façon, tu as toujours été l'esclave de Sophie. Toujours dans son dos à la soutenir pour tout et n'importe quoi, mais jusqu'au meurtre ? Suri ! Tu la suis jusqu'au meurtre ? Vous êtes complètement tarées toutes les deux... Et toi, dit-elle en se tournant vers Sophie. Toi, Madame vertu, Madame parfaite, l'étudiante en droit, la future avocate ou la future juge, toi, tu as utilisé tes connaissances pour tuer ton amie d'enfance... En fait non, tu as utilisé tes connaissances pour venger ton amour-propre sali par une petite élève-infirmière.

Elle soupire, réalisant peu à peu ce qui s'était passé sous son nez.

— J'aurais dû comprendre, murmure-t-elle plus pour elle-même que pour nous. Quand tu nous as appelées avec Julie pour dire qu'il fallait qu'on se réconcilie, qu'on se voit et que tu as choisi la soirée de la Saint-Valentin, j'aurais dû comprendre qu'il y avait un coup tordu. Ça faisait six mois qu'on ne s'était pas parlé, le « club des I », tu parles ! Tu l'as tuée et tous ces pauvres gens avec elle par orgueil !

— La porte favorite du Diable, dis-je par habitude.

Émilie m'observe et opine du chef.

— C'est vrai, acquiesce-t-elle. Les gens orgueilleux n'ont pas de limites. Les autres n'ont pas d'importance à leurs yeux. Tout pour préserver leur orgueil, leur vanité, leur sentiment de supériorité. Tu as tué Julie parce que tu n'as pas supporté que ton petit copain te quitte pour partir en vacances avec elle à ses frais. Ils sont restés trois semaines ensemble ! Trois semaines. Et tu la tues pour trois semaines ? Alors qu'il l'a ruinée et qu'il a piétiné son cœur ? Tu la tues pour ça ? Tu es une dégénérée. Tu me dégoûtes !

Émilie se saisit de son sac et s'en va. Sandra accroche son poignet au moment où elle passe à côté d'elle et lui tend sa carte professionnelle.

— Venez demain au poste de police, il faut que je recueille votre déposition.

Émilie se saisit de la carte, puis opine du chef en silence et s'en va. Fin du deuxième acte.

J e jette un coup d'œil à la table et constate que petit à petit, la vérité fait son chemin dans la tête des différentes personnes présentes. Les deux inspecteurs sont aux aguets, Madame Alice surveille de très près Mario et Suri. Pour ma part, je suis prête à intercepter Thomas ou Sophie, s'ils tentaient de s'échapper d'une façon ou d'une autre.

— Donc, dit soudain Robocop, nous avons affaire à une série de meurtres. Sophie et Suri assassinent Julie pour une vengeance amoureuse, qui n'a rien d'un crime passionnel, inutile d'imaginer plaider une telle chose, précise-t-il aussitôt à Sophie.

Après tout, elle est juriste, elle a peut-être songé à se réfugier derrière ce genre d'argument.

— Vous avez fourni le poison, dit-il en observant Suri, avant de se tourner vers Thomas, et vous avez assassiné une innocente sous prétexte qu'elle avait prétendument tué celle que vous convoitiez. Joli panel d'assassins... En revanche, Monsieur, j'attends avec impatience le récit de l'assassinat de Jonathan.

Oh, pétard, tu as raison, Robocop !

— Figurez-vous, que Mario n'était pas un inconnu pour tous les convives. Il était même fort bien connu d'Aloïs.

À ces mots, Thomas sursaute sur sa chaise.

— C'est fou ce que l'on peut trouver sur Internet de nos jours, dis-je. Notamment, je me suis intéressée de près à la faculté de pharmacie. Après tout, nous avions tout de même trois personnes dans la salle, qui était passée par cette faculté. Il y avait Aloïs et Marie, la pharmacienne et la préparatrice en pharmacie, et il y avait Mario qui reprenait ses études. Mario, dont j'ai appris par le journal de l'université, qu'il avait eu pour tutrice une certaine Aloïs... Et je dois avouer que c'est là que vous avez été très forte Sophie, remarqué-je en me tournant de nouveau vers elle. Je ne sais pas comment vous vous y êtes prise, mais vous êtes parvenue à trouver en quelques heures des complices pour le meurtre qui vous intéressait. Peu vous importait que d'autres personnes assassinent leur propre cible, tant que la vôtre était éliminée. Nous sommes tous convenus que le meurtrier avait réparti les gâteaux empoisonnés à travers les tables. Au début, je ne comprenais rien au schéma de mise en place des gâteaux, jusqu'à ce que je me mette à raisonner par table et non plus par gâteau individuel. Si on observait bien la répartition des éclairs, il y avait forcément un gâteau empoisonné par table, en dehors de celle d'Anne et de René. Je me suis demandée pourquoi ces gens-là avaient été épargnés car, oui, le tueur les a épargnés. Sur les six premiers gâteaux, les trois à droite sur le rang du haut et les trois à droite sur le rang du bas, il n'y en a qu'un d'empoisonné... Pourquoi ? Parce qu'Anne et René sont vos parents... Oh, vous êtes plus habiles que les autres pour camoufler les informations importantes, mais vos parents le sont moins. Anne nous a tout simplement donné cette information au cours d'une discussion informelle. Vous avez dû être surprise, Sophie, quand vous avez vu que vos parents assistaient à ce repas de la Saint-Valentin, malgré vos précautions. Vous saviez qu'ils devaient venir, mais vous vous êtes débrouillée pour mettre à mal leur soirée... Madame Alice avait décidé d'annuler les couples, les célibataires ayant protesté contre la cohabitation dans la même salle entre des couples et des célibataires. Quand je dis « les célibataires », j'entends vous, Sophie... En fait, vous saviez que vos parents avaient réservé lors de cette soirée et vous avez tenté de les sortir du jeu. Après tout, vous aviez des gens à assassiner ce soir-là... Pourtant, vos parents ont refusé de voir leur réservation annulée. Ils se sont maintenus et, comme ce sont de très bons clients, Madame Alice a dû conserver leur réservation. Vous avez dû hésiter... Deviez-vous poursuivre votre plan ? Ou pas ? Après nous avoir observés lors du service de l'apéritif et de l'entrée, vous avez su que d'une manière ou d'une autre nous commencions toujours par les tables de deux. Il suffisait de ne pas empoisonner le troisième et le quatrième gâteau. Bien sûr, vous preniez un risque, mais tant pis... Après tout, quand on est capable de planifier la mort de six personnes, pourquoi pas ses parents ?

— D'accord, commente l'inspecteur Robocop. Bien joué.

J'ignore si ce commentaire s'adresse à la tueuse ou à moi, mais peu importe. Dans les deux cas, effectivement, la partie était serrée mais bien jouée.

— J'en reviens donc à vos complices. Pour quelqu'un d'aussi méthodique que vous, il était difficile de camoufler l'empoisonnement de six gâteaux. Vous vous êtes donc adjoint les services de deux idiots, ivres de vengeance : Mario et Juliette. Mario, l'étudiant pharmacien amoureux de sa tutrice et fou de rage qu'elle ait refusé ses avances, alors qu'elle était désormais célibataire. Oui, Mario, dis-je en me tournant vers lui, j'ai lu vos commentaires enthousiastes sous les publications de rupture d'Aloïs, puis vos commentaires haineux quand vous avez compris qu'elle ne serait jamais à vous. Puis, deuxième idiote, Juliette, le vilain petit canard maltraité de la bande d'amis d'enfance. Juliette à qui vous avez dû faire miroiter les bonheurs d'une vraie amitié... L'identité de vos complices n'était pas difficile à trouver. Après tout, Mario filait comme le vent à chaque fois qu'il rencontrait la police ou que quelqu'un venait lui poser des questions et Juliette était livide, quand je l'ai confrontée à sa présence en face des gâteaux. Oui, Juliette a empoisonné les gâteaux de la partie gauche et Mario a empoisonné les gâteaux de la partie droite.

Je prends le temps de ressortir mon plan des éclairs empoisonnés :

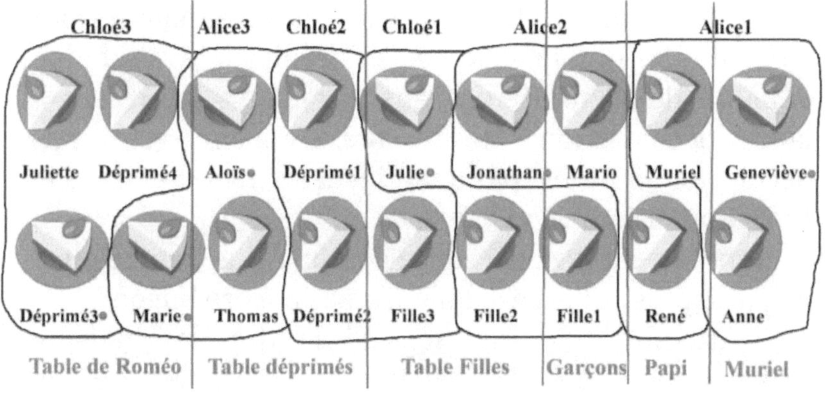

— J'ai formalisé en rouge la distribution théorique des assiettes. Dans l'esprit de Sophie, les gâteaux devaient être distribués dans un ordre strict, chaque table devant recevoir autant de gâteaux du rang du haut que de celui du bas. Si nous partons de droite à gauche, sur les deux rangs, on voit bien que sur les six premiers gâteaux, seul le tout premier a été empoisonné. La difficulté, c'est que Madame Alice n'a pas distribué les gâteaux de façon régulière et, ceci, vous ne l'aviez pas anticipé, Sophie. Madame Alice a pris quatre éclairs sur le rang du haut et deux sur le rang du bas. C'est ainsi qu'elle vous a octroyé un gâteau empoisonné, Mario, que vous avez aussitôt reconnu à une légère décoloration du glaçage et que vous avez cédé à ce pauvre Jonathan. Après tout, ça vous arrangeait, il vous avait vu manipuler les gâteaux... Il vous en a peut-être même parlé au cours du repas...

— Veuillez m'excuser, intervient l'inspectrice Sandra, mais d'où tenez-vous cette histoire de décoloration ?

— Oh, c'est simple. Quand j'ai servi les desserts à la « table des filles », l'une d'elles s'est écriée : « c'est trop chanmé cette décoloration !!! ». Comme je suis de la vieille école, mon attention s'est focalisée sur le mot « chanmé », qui m'écorche les oreilles. Ce n'est que dans un deuxième temps que je me suis intéressée à ladite décoloration. Mes éclairs n'étaient certes pas décolorés, du moins pas quand je les ai installés dans le réfrigérateur...

Robocop est focalisé sur le dessin... Il ne bouge plus, ne parle plus... J'espère qu'il n'a pas encore buggé !

— Attendez une minute... Si l'ordre des gâteaux empoisonnés a été calculé en fonction d'une distribution théorique régulière, qui devait mourir à la table des filles ? s'intéresse soudain Victor, qui a procédé à une mise à jour expresse.

— C'est une bonne question... réponds-je. En effet, je pense que le plan des gâteaux à empoisonner a été défini en fonction d'une distribution stricte des desserts. Dans l'esprit du tueur, une table de deux, c'est un gâteau en haut et un gâteau en bas. En suivant cette logique, la table de Muriel devait recevoir un gâteau empoisonné ; la table d'Anne et René aucun ; la table de Mario et Jonathan aucun, ce qui me fait dire que Mario était vraiment intéressé par Jonathan ; la « table des filles » devait recevoir deux gâteaux empoisonnés ; la « table des déprimés de la vie » un seul et, enfin, la « table de Roméo », deux gâteaux...

— Donc Jonathan est mort à la place d'une fille, mais laquelle ? Suri ou Émilie ?

Bien joué Robocop ! C'est sournois et rondement mené. D'ailleurs, la cible est atteinte, Suri observe Sophie avec incompréhension et horreur. Elle prend enfin conscience qu'elle aurait pu y passer tout comme Julie...

— Tu... bafouille-t-elle.

Sophie se retourne comme un aspic et l'écrase de toute sa fureur... mais, contrairement à son habitude, Suri ne se soumet pas...

— Tu voulais effacer les traces... bafouille-t-elle.

Bien... Normalement, Suri va craquer...

Continuons.

— Pour ma part, je pense que c'était Suri qui était visée. Le plan était brillant, mais il y avait trop de complices. C'est pour cette raison que vous avez contacté Thomas pour instiller en lui l'idée de supprimer Juliette. Une complice et témoin en moins... Concernant Juliette, qu'est-ce que vous lui avez dit ? Que vous aviez un laxatif plus puissant à lui conseiller... Pour ma part, je ne pense pas que Juliette était au courant de ce qu'elle versait sur les gâteaux. Je pense qu'elle croyait leur faire une méchante blague, pour se venger. Mario, quant à lui, s'est chargé de la partie droite du réfrigérateur, seulement il a été vu par Jonathan, qui a tenté de comprendre pourquoi il avait surpris son compagnon d'un soir en train de verser quelque chose sur les gâteaux. Cette curiosité lui a coûté la vie. Comme Jonathan vous avait vu manœuvrer, il devait mourir. Dites-moi, Mario, ça fait quoi d'être un meurtrier ?

Le jeune homme encaisse le coup, mais se tient coi. Je pense qu'il a été briefé par Sophie. Toutefois, je n'ai pas dit mon dernier mot.

— Je pense que ça vous a fait quelque chose. D'abord, vous avez pillé le bar de Madame Alice pour vous donner du courage. Puis, vous avez fait un malaise quand vous avez pris conscience de la réalité de ce que vous veniez de réaliser. Vous concernant, je pense que Sophie a été plus honnête avec vous. Juliette avait bon fond et elle n'aurait jamais empoisonné Aloïs et Marie, même si ces deux péronnelles lui en faisaient voir de toutes les couleurs. Mais vous, ce n'est pas la même chanson. Vous vouliez vous venger d'Aloïs. Vous considériez que, comme elle était désormais célibataire, elle était à vous. C'était à votre tour de l'avoir et, quand elle a refusé vos avances, vous avez décidé de vous venger.

— J'ai quand même une question, intervient Sandra. Comment Sophie a-t-elle fait pour recruter Juliette et Mario ?

— Oh, c'est simple. Elle a fait comme moi... Le salon de thé de Madame Alice est un petit salon de quartier. Nous n'avons guère de clients qui viennent de l'extérieur. C'est une clientèle d'habitués, des gens qui habitent à proximité, qui viennent acheter des gâteaux en voisins. Quand Sophie a voulu trouver des alliés, elle a fait comme moi. Elle s'est connectée à la page Instagram du salon de thé de Madame Alice, puis elle a regardé qui avait aimé la publication annonçant le repas de la Saint-Valentin. Ensuite, elle s'est renseignée, tout comme je l'ai fait, en observant les pages Instagram des personnes intéressées. Elle s'est vite rendu compte de l'obsession de Thomas pour Aloïs, puisque Thomas aimait toutes les publications de la jeune fille, la réciproque n'étant toutefois pas vraie. Elle a aussi vite compris le rôle de vilain petit canard que tenait Juliette. Sur quelques photos, on voyait clairement que Juliette était éprise de Thomas, qui n'en avait cure, puisqu'il n'avait d'yeux que pour Aloïs. Sophie a donc joué sur la jalousie et le ressentiment que Juliette pouvait ressentir à l'égard de ses méchantes amies d'enfance. De la même façon, elle a vu que Mario avait aimé la publication et, lorsqu'elle a exploré sa page Instagram, tout comme je l'ai fait après elle, elle s'est aperçue que Jonathan et Mario ne se connaissaient pour ainsi dire pas. Elle a poursuivi ses recherches pour constater une nouvelle fois que Mario aimait toutes les publications d'Aloïs, sans que la jeune pharmacienne ne lui rende la politesse. Enfin, avant la marche blanche, elle a dû cracher son venin pour instiller ou, plutôt, confirmer les doutes que Thomas avait sur l'empoisonnement d'Aloïs par Juliette... Qu'est-ce que vous lui avez dit ? Que vous aviez vu Juliette devant le réfrigérateur ?

Sophie reste inerte... Cette fille a un cœur de pierre...

— Donc, si je résume, reprend Robocop, Sophie veut tuer Julie, parce qu'elle est sortie avec son ex petit ami. Suri aide Sophie, parce qu'elle est fascinée par sa personnalité depuis l'adolescence. Sophie recrute Juliette et Mario, parce qu'ils ont réservé à la soirée de la Saint-Valentin et qu'ils sont tous les deux susceptibles de l'aider à empoisonner les gâteaux, qu'ils en soient conscients ou pas. Sophie exige de Juliette qu'elle réclame la table près de la vitrine, pour que la table centrale lui soit attribuée et qu'elle puisse surveiller le déroulement des événements depuis cette position centrale. Elle s'arrange pour préserver ses parents de tout empoisonnement, mais la situation dérape quand Mario est surpris par Jonathan en train d'empoisonner les gâteaux de la partie droite du réfrigérateur. Jonathan observe les gâteaux pour tenter de comprendre ce à quoi il a assisté. C'est à ce moment-là qu'il est lui-même surpris par l'un des déprimés. Un peu plus tard, c'est Juliette qui est vue en train d'observer les gâteaux par une autre des déprimés, sans doute après les avoir empoisonnés. Thomas oublie son stylo à insuline dans les toilettes et part le récupérer non sans qu'entre-temps Sophie l'ait remarqué et l'utilise pour brouiller les pistes. Les meurtres se déroulent, chaque table, sauf celle des parents de Sophie, recevant au moins un gâteau empoisonné. Juliette distribue les gâteaux à ses deux rivales, Mario intervertit son gâteau avec Jonathan, Julie reçoit le gâteau de Sophie et les quatre meurent empoisonnés. Julie tombe en premier, car elle a reçu une dose plus importante que les autres. Persuadé que Juliette a assassiné Aloïs, Thomas profite de la marche blanche pour injecter une dose massive d'insuline à Juliette, qui tombe dans le coma une vingtaine de minutes plus tard et n'en sortira jamais. Est-ce que vous vous rendez compte de ce que vous avez fait ?

Un silence lui répond.

Pour ma part, je ne pense pas que ces quatre-là soient dotés d'une conscience quelconque.

— Très bien... reprend Victor. Tiens, ils arrivent à point nommé...

Au loin, les sirènes de plusieurs voitures de police roulant à fond de train nous surprennent. Pour la première fois, je vois Thomas, Mario, Suri et Sophie échanger des regards paniqués. Oui, vous allez tomber tous les quatre pour assassinats, parce que vous êtes des assassins.

— C'est faux ! s'exclame soudain Sophie qui rompt enfin le silence.

— Vous vous expliquerez au commissariat, répond avec tranquillité Robocop.

J'observe une dernière fois ces dégénérés, comme dit Émilie, puis je me lève et m'en vais. Quand je passe devant elle, Sandra me tend sa carte.

— Je vous attends demain, Madame Lefebvre, et félicitations pour vos petites cellules grises...

Je souris à l'inspectrice et sens quelqu'un s'emparer de mon bras.

— Venez, Chloé, je ne supporterais pas la vision de ces monstres une seconde de plus !

Alice attrape la carte que lui tend Sandra, puis nous partons alors que les voitures de police se garent devant le bar.

— Hé, bien, ma biquette, tu as encore frappé un grand coup...

Nous nous sommes réunis chez Muriel, comme depuis le début de cette nouvelle enquête. Avec l'aide de Madame Alice, qui veut désormais que je l'appelle « Alice » tout court, nous avons raconté l'entrevue dans le bar.

— Si jeunes et déjà si monstrueux, se lamente Cyrielle.

— *La valeur n'attend pas le nombre des années*, comme disait Corneille, remarque Luc avec un cynisme qui ne lui ressemble pas.

Marc et Paul se tiennent étonnamment cois. Pour ma part, je sais que James Bond ne va pas rater une occasion de m'étriller. Pourtant, j'ai été prudente cette fois-ci, j'ai pratiquement fait toutes mes recherches sur Internet, au chaud, à la maison.

— Elle a pris le risque d'empoisonner ses parents pour se venger ? résume Serge avec incrédulité. Elle a fait empoisonner six gâteaux pour tuer une seule personne et, pour être sûre que cette pauvre gamine n'en réchapperait pas, elle a encore ajouté du poison à son éclair ?

— Oui... Là où Sophie est très forte, c'est qu'elle n'a

pas fourni le poison, c'est Suri. Elle n'a pas empoisonné les gâteaux, c'est Juliette et Mario. Elle leur a sans doute donné des instructions sur l'emplacement des gâteaux à empoisonner, mais nous n'en avons aucune trace. La seule chose qui peut directement lui être reprochée, c'est qu'elle a ajouté une dose de poison au gâteau de Julie... Mais nous n'avons ni la fiole ni le vaporisateur ni que sais-je ayant contenu le poison, nous n'avons que les petites bouteilles qu'elle avait données à Mario et Juliette... Que des preuves indirectes et, même en les prenant toutes en considération, je ne suis pas sûre que cela suffise...

Cyrielle sursaute dans son fauteuil et lâche son ouvrage au crochet... RIP petit bonnet...

— Tu veux dire qu'elle peut s'en sortir ? s'écrie-t-elle.

— Oui, tranche Marc. Si elle n'avoue pas, si nous ne trouvons aucune preuve matérielle, ce sera parole contre parole... Mario et Suri tenteront sans doute de se dédouaner d'une partie de leur culpabilité en la faisant plonger, Thomas pourra raconter qu'elle l'a influencé, mais c'est très léger...

— Reste le témoignage d'Émilie... dis-je. Elle pourra attester des mauvaises relations entre Julie et Sophie, de la soudaine réconciliation un soir de Saint-Valentin et du stratagème pour détourner leur attention pendant que Sophie versait plus de poison sur le gâteau de Julie...

— Un dossier compliqué en perspective, conclut Paul.

Nous plongeons tous dans nos réflexions mais l'ambiance est sombre ce soir... Seul motif d'espoir, l'état de Geneviève s'améliore. Cinq victimes, c'était assez...

❤ ❤ ❤

Quand nous rentrons à la maison, je suis un peu inquiète. James Bond n'a pas décroché un mot de tout le trajet... Est-ce qu'il est grognon ? Ce serait embêtant, parce que la baby-sitter des enfants s'indigne déjà que j'aie osé lui faire faire des heures supplémentaires. Philippe râle parce que je le délaisse au profit d'une enquête et même Clotilde risque de rouspéter... Je n'ai franchement pas le temps de me préoccuper des états d'âme de James Bond...

— Tu boudes ?

Oui, je prends toujours le taureau par les cornes. Vous commencez à être habitués, n'est-ce pas ?

— Non, je réfléchis.

— À quoi ?

— À ton affaire...

— Ce n'est pas mon aff...

— Chloé...

— Bon, d'accord, c'est mon affaire... Et quoi ?

— *Quid* du livreur ?

Ah... James Bond a encore frappé... Mais oui, le livreur était sans doute Sophie... Sophie qui est presque aussi grande que moi, Sophie qui a livré des cigarettes au salon de thé pour repérer les lieux...

— Appelle Robocop !!! Il faut qu'il vérifie de toute urgence si elle a une combinaison de moto noire !!!

— À vos ordres Sherlock, mais j'ai déjà envoyé un sms à Victor...

Le téléphone de Marc vibre et nous voyons le message suivant apparaître :

« Moto trouvée, combi trouvée, suivi sur
vidéo surveillance de la ville en cours, vidéo

salon de thé OK. Merci pour le tuyau. »

— Hé bien, voilà, Sherlock, les affaires reprennent... s'amuse-t-il.

Il se tourne vers moi et je me jette sur sa bouche comme une affamée. Ne me jugez pas, il est sexy, intelligent et combat pour la justice... et nous n'avons pas fêté dignement notre Saint-Valentin.

Au fait, bonne fête les amoureux !

Fin

Table des matières

Chères lectrices, chers lecteurs,
Si vous avez aimé cette histoire de Chloé, je vous
invite à laisser un commentaire (gentil de
préférence ☺) sur Amazon, Babelio, Booknode et
tout autre endroit du net où d'autres lecteurs pourront
découvrir mon travail !
D'avance un grand merci !

À très bientôt pour de nouvelles aventures !

Delphine

Si vous voulez suivre mon actualité :
http://www.delphinemontariol.com/
https://www.facebook.com/delphinemontariol.auteur/
https://www.instagram.com/delphinemontariol.auteur/